Tijuana Dream
Juan Hernández Luna

Barcelona • Bogotá • Buenos Aires • Caracas • Madrid • México D.F. • Montevideo • Quito • Santiago de Chile

Tijuana Dream
Juan Hernández Luna

1.ª edición: septiembre 2008

© 2008 Juan Hernández Luna

©Ediciones B México, S.A. de C.V. 2008
Bradley 52, Colonia Anzures. 11590, México, D.F.
www.edicionesb.com
www.edicionesb.com.mx

ISBN: 978-970-710-365-8

Impreso por Quebecor World.

Esta novela es para
José Hernández Solís, mi padre,
porque le gustan las historias de balazos.

PRIMERA PARTE

ALLÁ ARRIBA

Se imaginó a sí mismo y pudo ver su figura como la habría reflejado un espejo de feria... Se sintió ridículamente pequeño e inútil.

JIM THOMPSON

UNO

Al mando del portugués Rodríguez Cabrillo, un 27 de junio, a la mar se hizo desde el Puerto de Navidad, la expedición de arreos dotada por el virrey don Antonio de Mendoza, integrada por el San Salvador y El Victoria, con la finalidad de explorar las costas del Mar del Sur.

Luego de tres meses, el 17 de septiembre de 1542, Rodríguez Cabrillo arribó a una bahía que bautizó con el nombre de San Mateo. En memoria, dejó una piedra plana y monda sobre el lugar de su huella, esperando encontrarla al regreso del viaje que continuó rumbo al Norte.

La tifoidea decidió diferente y Rodríguez Cabrillo, descubridor de las Californias, murió en travesía en enero de 1543.

A fines del siglo XVI, los soberanos españoles, ante la necesidad de proteger la nao de Filipinas de los piratas que la asediaban desde Cabo San Lucas, decidieron conocer mejor sus dominios y patrocinaron una expedición al mando de Sebastián Vizcaíno, quien partió el 5 de mayo de 1602 con el San Diego, el Santo Tomás y el Tres Reyes.

En noviembre de 1602, los tres barcos entraron a la bahía de San Mateo, y Vizcaíno le cambió el nombre por bahía de Todos los Santos, por haber llegado en noviembre.

Las malas lenguas, que en verdades son de fiar, dicen que el famoso y valiente Vizcaíno, hombre de mar que no de tierra, jamás desembarcó, decidió quedarse en nave, complacido en observar cómo el viento frío del invierno movía sus cabellos, tan semejante a lo que hizo Antonio Zepeda aquella mañana trescientos noventa y cinco años después, cuando estacionó el Datsun sobre el Bulevar Costero de Ensenada y se dedicó a observar la mar, sin bajarse del auto, sin conocer de cerca el oleaje lleno de grasa.

Todas las historias se componen de reumas y llagas que impiden conservarlas cómodas bajo la piel o las uñas.

Toda historia tiene su razón y la de Antonio Zepeda no iba más allá de un Datsun estacionado en el Bulevar Costero, recordando la historia de un navegante que viajaba tres meses y al llegar se negaba a pisar tierra firme; vieja historia leída en un folletín del hotel Galante de la ciudad de Tijuana donde días antes, se había registrado ante un administrador de mirada gatuna y cejas espesas y blancas.

Cuando dijo su nombre —Antonio Zepeda— el anciano pensó que ese era un nombre muy jodido, especial para alguien sudoroso, cansado, capaz de espantar chamacos y atraer malos augurios. Cara tristona, delgada, los dientes superiores buscando salir, los ojos rasgados, orientales. Cero bigote, cero barba. En fin, chilango.

Él, Antonio Zepeda, de lejanas tierras había llegado, buscando hospicio para un mal de amores. Era ya una semana de subir la patria por carretera y al fin había bordeado la frontera norte, luego de pasar por Mexicali y Tijuana; sentía cómo toda su vida iba en retirada.

Aquel era un día neblinoso de fines de noviembre, tal vez era el 20, quizá el 28, qué importaba. De cualquier forma, había llegado a esa ciudad que no temía al mar y ostentaba su asfalto chicloso y brillante. Hacía calor. ¡Puta! Como si no fuera suficiente la arena que entraba bajo el chasis de ese Datsun que sobrevivía el trayecto desde el Defe.

Bahía de Todos los Santos. Agua y arena bautizada así por Sebastián Vizcaíno allá en los milseiscientosdós cuando llegó, igual que él, cansado, jodido, sucio, y también en noviembre.

La crónica aseguraba que el tal Vizcaíno no había desembarcado y Antonio comprendió tal cosa. Era preferible mandar a la chingada la bahía con todo y su petróleo derramado, era preferible subir por la avenida Castillo y dedicar las horas siguientes a beber cerveza, luego un burlesque y tal vez tirar el anzuelo con alguna cachanilla, tal vez…

Por Blancarte y Juárez encontró un lugar que parecía apropiado para desgranar los minutos que restaban hasta la llegada de la noche. Bajó la velocidad, estacionó el Datsun y al momento de abrir la portezuela un ramalazo de calor abofeteó su rostro.

Antonio se retiró los lentes oscuros y quedó observando el sitio. Era una vieja cantina perdida igual que él por esas calles donde bajó del auto y entró decidido a terminar varias cervezas frías.

La tarde iba dejando un reguero de sombras y líneas de sol filtrándose débiles por los cristales del bar. Todo el espectáculo consistía en una vieja televisión en la esquina de la barra que hablaba de muertos al cruzar la frontera, inundaciones al sur de Tamaulipas y guerrilla en los Balcanes.

En un rincón, Antonio logró la soledad necesaria para tomar su cerveza sin tener que soportar los comentarios del par de traileros vestidos de *cowboy* que le miraban de reojo y hablaban de los chilangos como quien se refería a una peste maligna y sucia. Y acaso tuvieran razón, pensó Antonio. Después de todo, cada chilango es tan solitario que es preferible poner distancia de por medio, alejar esa tristeza que como a él le había impulsado viajar hasta la frontera sólo por hallar una cantina.

Prefirió ignorar los insultos y se dedicó a pensar en la fecha de regreso a un Defe que imaginaba sucio como ala de ángel, hasta que tuvo necesidad de ir al sanitario.

Momentos después era un pobre treintañero cagando en Ensenada. Sin lápiz con que escribir en la pared del wc que ahí había estado «Antonio Zepeda (a) Jodido Chilango Buscador de Amor.» Simple letrero pudriéndose entre gargajos, resbalando por papeles sucios de mierda, condones usados, colillas pisoteadas. Triste chilango con el culo pelón que de pronto vio un par de botas vaqueras asomar bajo la puerta de la letrina que ocupaba. Triste mundo donde ni siquiera se podía cagar en santa paz.

Antonio creyó que el tipo de afuera imaginaba la letrina desocupada, cuando un tirón abrió la puerta fácilmente y miró al trailero-*cowboy* con su bragueta pegada casi en las narices.

«¡Los chilangos siempre serán una mierda! ¿Oíste?», gritó el tipo.

Antonio le escuchó. Tenía su cara lo suficientemente cerca como para oler su hígado maltratado.

De un jalón, el vaquero lo separó de su asiento y una rodilla encontró su nariz haciéndola sangrar de inmediato. Antonio cayó al suelo escuchando reír al vaquero.

De pronto el mundo se había desacomodado. Desde el suelo, escuchó una risa y otra más al fondo del lugar; era la del vaquero-*cowboy*-segundo que cuidaba la entrada evitando mirones.

Antonio tuvo miedo, pena, frío de mosaicos infectados. Quería subirse los pantalones, terminar de cagar, beber su cerveza y largarse lejos de esa ciudad tan pendeja donde odiaban a los chilangos, cuando una patada en las costillas le robó el aire.

Martirio de un chilango en Ensenada se llamaría la película que narrara semejante tragedia. O tal vez no, porque en ese momento la puerta de la letrina del fondo se abrió y un nuevo integrante apareció en escena.

Los vaqueros-*cowboys* no contaban con aquello. Creían solitario el lugar y ese momento de sorpresa los distrajo, además de que el nuevo personaje en aquella mascarada sabía golpear; así lo demostró al asestar con precisión la mandíbula del primer vaquero, mientras el segundo dudaba entre salir o ayudar. Como no se decidió a tiempo, el recién llegado le colocó dos izquierdas en plena sien y una patada en el plexo que lo aventó hasta reventarle la cabeza contra el lavabo, dejándole sin sentido.

Hasta entonces, Antonio pudo subirse los pantalones.

DOS

Según Nick, todo había sucedido treinta y tantos años antes, cuando un viejo marine jubilado de Corea le dio por bajar a la frontera a pasar los fines de semana.

Cada sábado por la mañana, el marine de cara gruesa y hombros caídos, llegaba a Tijuana buscando un lugar donde supieran mezclar vodka con jugo de naranja. Las dos primeras ocasiones tuvo dificultades, pero en la siguiente encontró el Perry's, donde la barra era tan estrecha que los vasos necesitaban ser equilibrados antes de caer al suelo a juntarse con el serrín y las colillas.

Perry's era un sitio tranquilo. De no haber sido por las moscas y la barra tan estrecha, el marine hubiera jurado que era la antesala del cielo; tomando vodka con naranja, escuchando mambos, comiendo caldo de mollejas y evitando sentarse frente al espejo para no ver su rostro, o lo que quedaba de él.

A fines del 52, el viejo marine formaba parte de una patrulla que debía desembarcar en la playa desierta a unos treinta kilómetros al sur de Wonsan, en Corea. Según la orden, se trataba de un trabajo fácil, bastaba abrir una línea de exploración y dejar un puesto de radio que operara los próximos desembarcos en esa playa, pero los malditos coreanos… ¿Cómo diablos saber cuándo un campo se encuentra infestado de minas si la arena parecía tan blanca y apacible como el culo de un recién nacido?

Tres de sus compañeros se convirtieron en un revoltijo de arena y sangre que voló rompiendo la calma. El aparato de radio hizo lo mismo; explotó, con tan mala suerte que la lámina del gabinete rebanó la nariz y terminó su viaje al vaciar el ojo del marine aficionado al vodka con naranja.

El médico, que semanas después lo dio de alta, le explicó que eran tantos los heridos urgidos de atención, que en verdad debía darse por satisfecho de quedar con esos huecos supurantes en una nariz inutilizada, en tener que respirar por la boca y en acostumbrarse a los nuevos movimientos de su cara para ubicar y tomar los objetos, hasta recuperar el equilibrio extraviado por la pérdida del ojo.

Esta era la razón por la que el marine evitaba verse en los espejos de cualquier barra, en comprender a las jóvenes que se le acercaban y al ver los orificios rojizos de su nariz y el parche sobre el ojo preferían olvidar el asunto.

A Mistervodkawitoranche como le llamaban en el Perry´s le daba igual. No había de qué preocuparse. Mientras siguieran teniendo buena mano para mediar el jugo de naranja y el vodka, con la cantidad justa de mollejas servidas como botana, lo demás le importaba un carajo.

Tal vez fue lo mismo que pensó aquella mujer que le pidió un cigarro y sentándose a su lado en la barra le preguntó si no le molestaba pagar una cerveza. Por supuesto que no, era feo pero jamás descortés, además, se parecían tanto. Mistervodkawitoranche comprendió que con la cara lastimada por las huellas de una viruela antigua y un par de dientes encasquillados no se podía exigir demasiado.

Aquella cerveza fue lo único que la mujer tomó a su lado. Al amanecer estaban abrazados, durmiendo en el cuarto oscuro y estrecho de un hotel.

Los sábados y domingos de los meses siguientes fueron casi parecidos, hasta que la mujer del rostro maltratado, que había logrado acostumbrarse al respirar agitado, al hablar gangoso y a saborear el jugo con naranja, esperó inútilmente que el viejo marine bajara la frontera, algo que jamás hizo. A cambio dejó un espermatozoide que hizo todo el viaje desde su punto abisal de energía hasta un huevo fértil y a los nueve meses dio paso a quien en memoria del marine llevó su nombre: Nick.

Nick Jones Chauvez, el mismo que le rescatara de aquellos salvajes vaqueros motorizados la noche anterior, y que entre tragos de cerveza y caldos de camarón le contara la historia que había reconstruido de pláticas con que su madre le entretenía durante los calurosos viajes que cada año hacían a Sonora para visitar a la familia. En tales trayectos, Nick había sido convencido totalmente por su madre de que había heredado los hombros anchos y caídos, así como también el azul de los ojos de su padre.

En fin, era una historia más de pasión que de palabras; armada por un encuentro y una ausencia definitiva que Nick ignoró en la agitada vida fronteriza, misma que se incrustaba aquella mañana con sus colores grises y verdes.

Antonio se descubrió desvelado y sucio, recostado a la espalda de Nick, ambos en el suelo, en un rincón de la calle Primera, entre una pared con la leyenda de Seven Up y un puesto de tacos, sintiendo en la cabeza los pasos gruesos y lacerantes de un tiranosaurio que galopaba raudo, enfurecido.

La forma en que llegaron a Tijuana permanecería para siempre oculta en los misterios insondables de su vida, al igual que la razón de esa frase artera y precisa con que manifestó el llamado de intestinos:

—Tengo hambre.

—*Don't worry, man* —respondió Nick, tallándose los ojos y viendo la hora en su reloj de pulsera—. En Tiyei todo tiene arreglo, hasta un himen —dijo—, poniéndose de pie con una rapidez difícil de superar a esa hora tan temprana por el cuerpo laxo y frío de Antonio.

Mientras caminaban, ambos intentaron sacudir la tierra grasosa en los pantalones pero sin mayor resultado. Olores de metal y polvo oscuro acompañaron su recorrido hasta entrar en un restaurante de la calle Tercera.

—¡Hey, Ma, aquí hay dos hambrientos! —gritó Nick y una mujer de pelo recogido, vestida con un delantal impunemente blanco que resaltaba su rostro lastimado por antiguas viruelas, murmuró algo tras un mostrador que mostraba los precios de la comida corrida y los antojitos.

Poco después, una mesera de mandil a cuadros y peinado oloroso a fijador, les puso enfrente platos de loza conteniendo huevos revueltos, salsa y frijoles.

Nick detuvo a la joven.

—Hey, Mariela. ¿Ha venido la Rosa? —preguntó.

—No —contestó la mesera soltándose con fastidio de la mano de Nick.

—Si habla dile que necesito verla. Y tráenos cerveza.

Caminar. Caminar.

Un mediodía triste, crudo.

Tiras de plástico y papel carbón arrastradas por el viento.

Polvo.

Caminar.

En la calle Independencia, Antonio encontró el Datsun sin extrañarse de que le faltara el tocacintas. Ya era bastante que el auto tuviera las cuatro llantas. Lo abordaron y encendieron cigarros, mientras Antonio tomaba la caja de Kleenex de donde tomó uno para limpiarse la nariz y arrojar una materia oscura y seca.

—Ayer andaba *down* sabes —explicó Nick—. La culpa es de una morra.

—¿Rosa?

—¿Quién?

—Rosa, por quien preguntaste en la fonda.

—No, otra; se llama Lina. Vive en Mexicali. Andaba conmigo y todo bien, hasta ayer que la vi con otro bato. *¿You believe it? ¡Shit!*, pinche vieja, por eso me empedé tan fácil.

Salieron del cuarto hacia el bulevar Agua Caliente. A la derecha se veía el hipódromo fuera de servicio decorado con mantas rojinegras que explicaban la posición de los trabajadores.

—¿Está en huelga esa madre?

—Sí. El dueño es un culero, no afloja la feria.

Todos los dueños son culeros, pensó Antonio y prefirió abrir la ventanilla para sacar el humo de cigarro que se había encerrado.

—¿A dónde vamos? —preguntó.

—Por una feria para seguir la peda. Es un yonke de un cuate, se llama Enrique, está aquí derecho hasta la presa Rodríguez.

—¿Yonke?

—Deshuesadero, carros viejos, como los de Peralvillo, en tu tierra.

—¿Hace cuánto no vas al Defe?

—Jamás he ído. ¿Por qué?

—En Peralvillo no queda ningún... yonke.

Los grandes comercios del centro fueron desapareciendo conforme continuaron sobre la avenida. En su lugar aparecieron casas de una planta y techos color verde de dos aguas, pequeños supermercados, pizzerías, servicio para autos. En todas partes se prometía eficiencia y atención las veinticuatro horas del día.

—Es lo que me gusta de esta ciudad.

—¿Los yonkes? —preguntó Nick.

—No, güey, que funciona las veinticuatro horas.

El bulevar se prolongó interminable hacia el Sur. Antonio admiraba esa facilidad que la misma avenida tenía para cambiar de nombre: Agua Caliente, Palmas, La Mesa, Díaz Ordaz, Pinos, Carretera vieja a Tecate... Un bulevar de cruceros enormes y avenidas cubiertas del polvo amarillo que bajaba de los pequeños montes poblados por casas de lámina y desperdicio de madera. El Tijuana Dream.

—Aquí, dóblate y estaciona —pidió Nick—. Y toca el claxon para que nos abra ese bato.

Antonio tocó la bocina pero sin ningún resultado.

—Ha de estar jeteado. Tócale otra vez.

—¿Aquí vive? —gritó Antonio haciéndose oír sobre el claxon.

—Simón, es que no se lleva bien con su morra, *you know*, entonces lo manda a dormir pa'cá.

Antonio presionó de nuevo el claxon que seguía lanzando su chillido de goma con metal. El resultado fue el mismo por lo que Nick decidió bajar del auto y forzar el portón que cedió con rechinidos.

El lugar estaba repleto de partes viejas y oxidadas. El corredor que llevaba a la caseta era un museo de fierros desmontados, clasificados absurdamente. Era difícil adivinar a qué lugar de una máquina correspondían aquellas piezas. Eso lo podría decir Enrique, el dueño del lugar, aunque éste no podría contestar ninguna pregunta, pues lo encontraron bajo el mostrador de la caseta, con las piernas cruzadas, de cara al piso, el pelo grasiento, sucio de rebabas y esquirlas, mostrando el orificio que una bala había realizado al entrar por su nuca.

TRES

Toda cerveza sobreviviente es mala. Contiene tristeza, resaca bruta, dolor, angustia añeja. Si a esto se le agrega la imagen de un hombre con la cabeza destrozada por una bala, lo mejor es tomarse toda la cerveza disponible, no olvidar ninguna, acabarla, dedicarse a beber todas, con los pies colgando hacia el abismo, como el que formaban los bloques de cemento de la presa Rodríguez.

Antonio miró a Nick terminar una más y arrojar de nueva cuenta la lata vacía que bajó dando giros hasta el agua lodosa que contenía la presa.

—Compañero, siento informar que el combustible se terminó. Solicito voluntarios para iniciar una expedición y yo pensé que tal vez usted…

—Órale, ese —contestó Nick, eufórico por el mareo cervecero—. Sirve y aprovechamos para partir el hocico de alguien que no me ha dejado empedar a gusto.

Se pusieron de pie y caminaron haciendo equilibrios por el borde de la presa.

Así que vamos a partir un hocico, pensó Antonio. ¿A quién? Bah, a quién podía importarle si en el camino encontraban otro cadáver, o si en los Kleenex —que seguía utilizando para sacar esas bolas negras y secas de su nariz— se escondía un pequeño monstruo que de repente saltara devorando sus dedos.

Poco después, se detuvieron para comprar dos cajas de Tecates en el asiento trasero del Datsun.

Continuaron por el bulevar. Poco a poco, Antonio reconocía la ciudad. Al llegar al centro estacionó el auto con un viraje exacto entre un Mazda y un viejo Pontiac con rines de magnesio y faros de halógeno que humilde esperaba bajo el sol de la tarde.

Antes de bajar, Antonio tomó un par de cervezas y quiso pasar una a Nick pero no lo encontró, éste había desaparecido.

Arrojó las cervezas sobre el asiento trasero, cerró la puerta y caminó presuroso hasta alcanzar a Nick que doblaba la esquina de la calle Primera y ya entraba a un edificio de pasillos oscuros y olorosos a grasa y humedad. Paredes donde la pintura había estado cayéndose durante siglos sin que nadie lo notara.

Viento fétido. Monstruos abominables asolaban el lugar. Antonio podía percibir un dragón flamígero al voltear la esquina. El hacha cruel cayendo sobre su cuello. ¡Tock! Su cabeza rodando escalera abajo y él corriendo tras ella hasta recuperarla.

—Llegamos.

La voz de Nick se fue diluida entre el polvo y ruidos de cañerías. Abrió una puerta y Antonio le siguió confiado hasta la nueva oscuridad de esa habitación donde intentó acostumbrar sus ojos. Cuando lo consiguió, descubrió que era una habitación atiborrada de cajas y muebles pasados de moda. Lo único que parecía haber sido elegido por sus habitantes era la cama, rodeada de espejos. El lugar parecía ser utilizado para llenar crucigramas, contar dinero o tomar tragos, nada trascendente, pensó Antonio al ver aparecer una mujer de rostro crudo, sin maquillaje; vestía una bata de flores estampadas y mascada tornasol sujetando su cabello oscuro.

Hubo un silencio que se arrastró por las viejas paredes.

La mujer mantenía una mirada penetrante y un rostro ausente de sonrisas. Las proporciones de su cuerpo se esfumaban bajo la impresión de sus fosas nasales dilatadas, rojizas.

—No me gusta que traigas visitas —dijo la mujer con una voz ronca, como si cayera por una cascada de arena—. ¿Quién es?

Nick no respondió. Caminó al centro de la habitación atento al fastidio de la mujer.

—¿Hiciste el encargo? Dame la matrícula —insistió la mujer sin dejar de observar a Antonio, como alguien extraño y peligroso.

—Eso no se hace, Morena —la voz de Nick provocó que el silencio se replegara pastoso. Antonio aprovechó para encender un Delicado y fumar profundo—. Solo vine a despedirme.

Antonio pensó que aquella era una frase bastante boleriana y poco de acuerdo con el golpe que le miró soltar sobre la cara de la mujer que cayó al piso con los labios cortados. Al intentar incorporarse, la bata se abrió mostrando su cuerpo desnudo. Antonio prestó atención al relámpago oscuro de esa entrepierna que avasallaba sus ojos.

La mujer se puso de pie, retrocedió aturdida, gritó mientras huía hasta la pared del fondo tratando de esconderse, traspasar los ladrillos, confundirse con la pintura. Sus ojos eran agua verde llena de miedo.

Después, cuando Antonio intentara recordar la escena, evocaría la imagen de alguien moviéndose sigiloso tras el montón de cajas, apuntando una pistola al cuerpo de Nick.

¿O era a él?

Sin embargo, nunca hubo disparo, ni debieron huir atropellados, tampoco cayeron a trozos los espejos que rodeaban la cama, jamás aquella pila de cajas se fue derrumbando lenta y pesada...

¿O sí?

CUATRO

Quizá Tecate no ofrecía tanta diversión como Tijuana, pero al menos ayudaba a soltar el miedo provocado por algo que Antonio aún no atinaba a responder en qué momento nació.

¿O acaso sabía de quién o de qué huía?

¿Qué diablos hacía tan lejos de San Juan de Letrán y el metro Balderas?

Pena de amor.

Soledad.

El equilibrio roto por una ex esposa que había decidido amar a Bahena, Salomón Bahena, un ex compañero de ventas en la oficina.

Alguien le había dicho que todo engaño merece olvido.

Luego de estacionar el Datsun, Nick sugirió entrar al Barness e iniciar una primera ronda de cervezas. Así lo hicieron y de paso contemplaron el cuerpo de Sheena, la Mujer de Miel, ondularse a escasos metros de su excitación.

—¡Diablos, creo que necesito un culo esta noche, *man*! —dijo Nick.

—Conmigo no cuentes —respondió Antonio, adivinando por fin el contenido de las cajas en el cuarto de la calle Primera; su ruido seco y blando al caer contra el piso.

—¿Hasta dónde te imaginas? —le preguntó Nick y Antonio prefirió ignorarlo, viendo la minúscula tanga de Tatie, la Sin Par, que no se decidía a quitarla del todo.

—Okey, Tony —insistió Nick—. ¿Te llamas Tony Zepeda, verdad?

—Todavía.

—¿Todavía? Ja, ja, ja. Me caes bien, Tony. No haces preguntas, eres chilango, saber chupar cerveza, ¿te gusta el béisbol?

—Ni madres.

—Ahí sí fallaste, ni modo, salud.

Era el momento para confesiones.

CINCO

Fue en los largos viajes que hacía con su madre de Tijuana a Sonora que Nick le tomó cariño a las carreteras, a quedar absorto ante una ventanilla que se deslizaba llena de paisaje, a dormir fuera de casa.

Su madre decía que cualquier vehículo era bueno para viajar y conocer «otros rumbos». Nick le hizo caso y en la primera oportunidad cambió el destino de los viajes. Estos ya nunca fueron hacia el Sur, sino hacia el Norte, donde pasó cinco años manejando tráilers por la carretera más detestable: la 175, Wisconsin-Seattle.

Ningún chofer de la compañía North Arrow aceptaba viajar por la 175 a menos que fuera la última opción, mucho menos en invierno. Pocos eran quienes se arriesgaban a quedarse con el tráiler descompuesto en las nevadas planicies de Dakota del Norte a Montana, sin un termo de agua caliente para sobrevivir.

En cambio, a Nick le gustaba. Cada viaje que emprendía, soñaba con la aventura de quedarse varado y verse obligado a sobrevivir con una cajetilla de cigarros, un par de calcetines de lana y chocolates Almond Joy, sus preferidos.

A fin de combatir tanta lejanía, Nick escribía largas y continuas cartas a su madre para evitar que ésta se preocupara. Por su parte, él recibía cada mes una carta de su madre donde le informaba que por fin había conseguido trabajo de sirvienta. Siempre era lo mismo. Olvidaba que en la carta anterior contaba exactamente la misma historia del trabajo de sirvienta. Su madre jamás haría otra cosa que no fuera pedir una cerveza o «subir» las escaleras con algún tipo.

La historia de las escaleras había ocurrido en esos años cuando Nick acudía a la escuela primaria. Eran los tiempos del ecoactivismo, los cabellos largos, de Alice Cooper enredándose serpientes por el cuello y degollando muñecas, de las infinitas hordas de hippies que pasaban por Tijuana —luego del truene de San Francisco— en línea directa hacia Oaxaca, tras el conocimiento de los hongos.

Las calles llenas de olor a pachuli, rebosantes de cartelones de ofertas y motores Hurdles. Era por lo que Nick huía de la escuela: nada como una banca en plena avenida Revolución para dejar los ojos libres. Nada como las piernas delgadas de las chicas de cabello largo, ataviadas con collares y pulseras de cuero. Nada como asolearse y nada también como ver películas de Bruce Lee en el cine Bujazán.

Durante el intermedio, Nick veía a los chicos de su misma edad que en los pasillos del cine peleaban con supuestas patadas voladoras, gritos agudos y golpes con el filo de la mano. Era un karate emocional, agresivo, burdo, que los hombres mayores disfrutaban desde su butaca viendo a los enanos soltarse golpes, buscando emular al flaco héroe de la pantalla, hasta que las luces se apagaban y los gladiadores respetuosamente guardaban silencio, se arrastraban por el pasillo hasta su lugar y de nuevo ayudaban a Bruce Lee a torcer cuellos, quebrar costillas y provocar vómitos de sangre.

Las películas de aquella tarde fueron una función memorable. *El hijo del dragón* le había dejado impresionado y con ganas de pelea.

Antes de salir del cine, Nick decidió orinar. En el recinto, oloroso a mierda y humo, reconoció a varios de los «peleadores de intermedio» que escondidos fumaban. Nick quedó parado en la entrada, dudando en bajar el cierre del pantalón y orinar o mejor salirse. Demasiado tarde, el grupo de enanos lo había rodeado y el más panzón de ellos lo encaró.

—¿Vienes a ver al Ruco?

Nick no supo de qué se trataba. El mismo panzón insistió.

—¿A ti cuánto te da?

Nick quiso salir del sanitario, cuando una sombra gigantesca y extraña dejó sentir su presencia. Era un viejo alto y delgado, de profundas ojeras que sin decir nada pasó entre el grupo de infantes fumadores y se dirigió a la letrina del fondo.

Todos voltearon a verlo. Nick escuchó el correr de una aldaba en la puerta, el destrabarse de una hebilla de cinturón y un extraño silbido que parecía flotar mezclado con el olor a orín y desinfectante.

—Nosotros somos *praymas* —le dijo uno de los enanos fumadores—. Si después todavía quiere el Ruco contigo es tu bronca.

El gordo se alejó por el pasillo y fue hasta la letrina del fondo. Ésta se abrió para tragarlo en la penumbra contrastada por los gruesos cristales que daban a la calle.

—¿Enton's, cuánto te da? —preguntó a Nick uno de los cuatro enanos que no había dejado de fumar todo ese tiempo.

Nick dio media vuelta y salió del cine. Lentamente, se fue caminando a su casa pensando en un pretexto para justificar su ausencia.

Al día siguiente fue sábado por lo que Nick se vio obligado a pasarlo en su casa boleando los zapatos de su madre, viendo televisión en un viejo aparato, y sintiendo la mirada penetrante de la asquerosa víbora que su madre guardaba disecada encima del ropero.

Al lunes siguiente, Nick volvió a ver al mismo grupo de karatekas fumadores. Esta vez se asoleaban en la misma banca que él acostumbraba ocupar luego de brincar la barda del colegio. Lo reconocieron.

Con pequeñas diferencias, eran de su misma edad, aunque increíblemente expertos en el arte de conseguir dinero. Un día normal para cualquiera de ellos comenzaba barriendo alguna cantina de la Revu bajo la condición de quedarse con las monedas encontradas entre el serrín y los gargajos; más tarde iban al estacionamiento del Jai Alai a cuidar autos; o al hipódromo, a recoger boletos tirados con premios insignificantes que a los apostadores les daba pena reclamar.

Cuando el hambre llegaba y el día continuaba mal iban a algún súper a cargar bolsas de mandado hasta huir con alguna que tuviera suficientes carnes frías para todo el grupo.

Los fines de semana eran más activos; desde temprano se paraban cerca de la línea esperando que algún turista cayera bajo su ofrecimiento de «*Eymen, ken ay shov yu a gud pleis güit gerls en cul bir, eh? Guat yu sey?*» Eran los mejores guías de turistas que alguien pudiera conseguir por un billete de dólar, además recibían comisión en algunas tiendas de artesanías por llevar clientes y de noche ayudaban a conseguir taxis a gringos borrachos deseosos de volver al suelo patrio. De esta forma, Nick aprendió el inglés necesario para sobrevivir y aficionarse al calor de la Revu, y un puesto de tacos, o entre una tienda de artesanías y un hotel.

Los días duros, el Gordo y el Sarampión se encargaban de arreglar la cita con el Ruco y esa tarde entraban al Bujazán, a ver a Bruce Lee, a pelearse por los pasillos durante el intermedio y a esperar al Ruco en los sanitarios quien pagaba tres dólares a todo aquel que le prestara el pito para chuparlo.

Varias veces, Nick aceptó los dientes amarillos, los dedos rasposos y húmedos del anciano sobre su pájaro, la sensación de su lengua viscosa y agria lamiéndole.

Nick prefería las ocasiones en que la cofradía entraba en silencio por la trastienda de los burlesques a sobarse la pinga mientras observaban golosos a las bailarinas que sobre la pasarela se desnudaban a ritmo de *Grateful Dead*.

Cuando esto no se lograba, buscaban alguna gringa tirada en la banqueta para manosearle las tetas o daban de patadas a algún borracho hasta hacerle vomitar o rellenaban con colillas de cigarro la ranura de los parquímetros o esperaban ser llamados por Tomy.

Tomy era un panzón con cara de oso y dueño de una pequeña carreta de madera, decorada con una lona representando un idílico paisaje mexicano, y al frente un burro pintado a rayas blancas y negras, como cebra.

Los turistas subían a la carreta, se ponían un sombrero supuestamente revolucionario y sonreían fraternalmente al flash de la Polaroid.

En ese momento, Tomy hacía la seña convenida al grupo de enanos-karatekas-fumadores quienes picaban la panza del burro Éste relinchaba, rebuznaba y volcaba la carreta con todo y turistas quienes se alejaban furiosos, renegando del salvaje animal.

A Tomy aquello no le importaba. El *show* de los turistas volando por los aires era generosamente pagado por los empleados de tiendas cercanas quienes de esta manera se divertían y, de paso, la cofradía de admiradores de Bruce Lee podía cobrar un dinero por picar la panza del burro.

Cuando Nick conoció la diversión con Tomy, o el secreto para conseguir botana gratis en el Río Rita, hacía meses que había dejado por completo la escuela. Prefería pasar los días buscando turistas gordos olorosos a lavanda a quienes intentaba convencer para llevarles a la tienda del gordo Tomy.

Nick había decidido que las calles eran mejor que cualquier escuela. Aunque no todas eran de su dominio. Cuando su madre supo que pasaba los días vagando por la ciudad, le advirtió claramente que nunca se acercara a la calle Primera. El día que así lo hiciera, Nick sería obligado a besar la víbora disecada que su madre guardaba sobre el ropero de tres lunas.

En su ir y venir, desde la garita hasta el hipódromo, Nick evitaba llegar a la calle Primera, no se arriesgaba a ser castigado por su madre. Su miedo no era solo por tener que besar una serpiente disecada, sino porque de la calle Primera llegaban noticias de crímenes sangrientos. Aquel era un lugar donde todos cargaban cuchillo y pistola, una tierra de nadie, donde las peleas eran de a de veras, como las de Bruce Lee, así de chingonas. Esa era la calle maldita, solo iban quienes tenían los güevos bien amarrados al pellejo. Esto fue lo que dijo el Huesos, secundado por el Sarampión y revalidado por el Payer. El Gordo fue el único que dejó caer la cochina duda.

—¿Y por qué no vamos esta noche?

De inmediato todos se negaron. Ninguno tenía los güevos lo suficientemente crecidos y mejor era dejarlo por la paz. Al oír esto, Nick respiró tranquilo. No desobedecería a su madre y la serpiente seguiría estando lejos de su boca.

Pero qué es Tijuana sino una calle ancha, larga y luminosa: la avenida Revolución. Después de ésta, la ciudad se vuelve gris, sin chiste. Poco a poco el Centro agotó las posibilidades de diversión. Nick supo que de conocer la calle Primera tal vez todo cambiaría y la ciudad volvería a ser interesante, aunque su madre le hiciera tragar la maldita víbora. Por eso cuando el Gordo volvió a insistir sobre la visita de noche a la calle Primera, Nick estuvo de acuerdo. ¿Pero quiénes irían? ¿Todos? ¿Solo algunos? De ser así, ¿cuál era el requisito para emprender semejante osadía?

En los sanitarios del cine Bujazán, uno a uno se bajaron el pantalón y dejaron ver su permiso de excursión. ¡Fatal! Todos comenzaban a tener pelos alrededor del pito, excepto Nick. ¡Qué desgracia! Aquello significaba no tener los güevos bien sujetos, y lo que era peor, no poder acompañarles a conocer la calle Primera.

Había otra solución, los güevos también se demostraban, sobre todo agarrando las nalgas a una japonesa.

—¿Por qué no a una gringa? —preguntó Nick.

—No —contestó el Gordo—. A las gringas les gusta y hasta se ríen cuando les metes el dedo.

—¡Hey, ese! —intervino el Payer—. Es más peligroso con las chinitas, si corren te alcanzan, y como saben karate...

A esto último Nick no tenía miedo. Había visto suficientes películas de Bruce Lee como para saber defenderse.

Esa misma noche caminaron por la calle buscando una japonesa para hacer la prueba. No tardaron mucho en encontrar una oriental empinando el culo en la tienda de artesanías viendo cinturones de piel repujada. Era en ese momento o nunca, pensó Nick mientras corría con la mano preparada para sobar el culo de la joven.

Fue tal el nerviosismo que al momento del manoseo éste se convirtió en una nalgada que aventó a la joven por el suelo con todo y el exhibidor de cinturones.

Nick tuvo miedo, no supo si había pasado la prueba o no, pero estaba seguro que la japonesa le seguía dispuesta a matarlo a puro golpe de karate.

Mientras corría, pensaba lo peor. Imaginaba que tal vez la japonesa ni siquiera le seguía por haber muerto al estrellarse contra el piso. De ser así, un retrato con sus señas estaba ya en la garita fronteriza para evitar que el Asesino de la Japonesa pudiera escapar. ¡Dios Santo! Y ni cómo llamar a Bruce Lee para que le ayudara. Pero... ¿Y si Bruce Lee prefería vengar a su paisana en vez de ayudarle a él? ¡Qué lío! Por eso Nick siguió corriendo hasta que de pronto supo que se hallaba perdido. La calle oscura y sucia por donde seguía corriendo no la conocía. ¡Estaba fuera de sus dominios! El miedo hizo temblar sus piernas y convulsionar su estómago. Como pudo bajó la velocidad hasta detenerse. Recargado en una pared comenzó a escuchar los gritos de alguien feroz y sanguinario que peleaba dentro de una cantina; ruidos de golpes, maderos que se rompen, botellas destrozadas. Nick supo que aquel energúmeno, luego de terminar con los del interior, saldría a saciar su sed de sangre y bestialidad con los de afuera, incluyéndole a él. ¡Oh no! ¡Y Bruce Lee que no se aparecía por ningún lado!

Atemorizado, Nick volvió a correr, comprendiendo a qué se refería su madre cuando le advertía que no se acercara por aquellos rumbos. ¡Por fin lo había entendido! ¡Estaba en la calle Primera!

Sintió pánico, había pisado el infierno y era imposible salir vivo. Sus güevos no eran lo grandes que se requerían para estar en ese lugar y desmoralizado se recargó jadeante en un poste lleno de láminas con anuncios de cerveza Estaba llorando. Sabía que necesitaba ayuda, así que gritó con toda su fuerza:

—¡¡Bruce Leeeee!!

Fue un alarido que gastó su aliento hasta dejarle sofocado. Cuando se repuso, levantó la vista y se encontró con su madre que, parada frente a él, fumaba un cigarro.

Ni modo, ya no escaparía de besar la serpiente disecada. Su madre le había visto pisar la calle Primera. Aunque tal vez su madre se había enterado de su caída al infierno y estaba ahí para rescatarle, para evitar que asesinara a otra japonesa. Sólo que su madre no dijo nada, ni siquiera sonrió con sus dientes encasquillados. Al contrario, ignoró por completo a un Nick que no atinaba a comprender por qué su madre le dejaba en mitad del infierno y subía las escaleras de aquel hotel ruinoso y oscuro donde la vio desaparecer con un tipo que la seguía sobándole las nalgas.

¿Cómo llegó a salir? ¿Cómo encontró el camino a casa? Nunca lo supo. Aquella noche, Nick no pudo dormir esperando que su madre llegara y cumpliera su promesa de hacerle besar la víbora disecada.

Apenas sus ojos se cerraban, volvía a repetirse el instante en que su mano pegaba en el trasero de la japonesa y ésta caía abriéndose la cabeza entre un montón de cinturones de cuero. Así pasó la noche. Al amanecer llegó su madre. Nick subió las cobijas hasta cubrirse por completo la cara y fingió dormir. La escuchó caminar por el pasillo, y luego aquellos ruidos. ¡Su madre bajaba la serpiente del techo del ropero! Pronto la tendría cerca de su cara, sentiría la piel fría y escamosa en sus labios mientras ella sonreía obligándolo a besarla. ¡Maldita serpiente! Tan horripilante como su madre, con su cara picada de viruela y los dientes encasquillados que de noche brillaban.

Nick sintió morirse, su respiración se volvió agitada. Escuchaba el bum bum bum de su corazón retumbar tan fuerte que el ruido salía por sus sienes y despedazaba el cuarto. Al poco rato, escuchó a su madre entrar en la habitación, el castigo había llegado. Nick se mantuvo quieto, esperando el momento crucial, éste comenzó con unas manos huesudas que tomaban las cobijas alrededor de su cuello.

«Me va a asfixiar», pensó, antes de sentir los labios de su madre besarle la frente y salir despacio de la habitación.

Nick comenzó a llorar.

Con el paso del tiempo, comprendió el significado de esas escaleras por las que su madre subía seguida de algún hombre. Jamás hablaron al respecto, pero mientras Nick andaba por el Norte, manejando tráilers por los caminos congelados, sabía que su madre —a pesar de su edad— volvía a dedicarse a «subir escaleras». Por eso decidió juntar hasta el último dólar para poner un negocio. De esta forma nació ¡Viva México! Un pequeño restaurante que poco a poco se hizo de clientes y que Nick ayudaba a su crecimiento con los giros que mandaba. En cada carta su madre le decía que dejara los tráilers, que le visitara, que el negocio iba bien. En cambio Nick estaba demasiado lejos como para darle una visitada, además tenía un nuevo pasatiempo; buscar a su padre.

Nick confiaba que la descripción relatada por su madre tantas veces pertenecía a un solo hombre, alguien de hablar gangoso, con los hombros anchos y caídos, respirando agitado y fuerte por ese par de orificios rojizos y supurantes que tenía en vez de nariz. Resultaba difícil creer que hubiera dos iguales, de cualquier forma encontrar al singular ex marine parecía algo imposible.

La primera ciudad donde Nick comenzó la búsqueda fue Spokane, en cada bar o merendero donde pudo detener el tráiler dejó las señas de Mistervodkawitoranche. Lo mismo hizo en Tacoma, en Duluth y también en Minneapolis. Confiaba en que alguien hubiera visto a un fanático de las mollejas de pollo como botana.

Algunos de sus compañeros le ayudaban a correr la voz llevando el mensaje hasta rincones tan alejados como Douglas o Charlotte en Carolina del Sur. Y contra todos los pronósticos de quienes consideraban aquello como pérdida de tiempo, una tarde de febrero en que Nick estaba listo para comenzar su acostumbrado viaje a Seattle, escuchó el grito de un camionero que recién regresaba de Utah.

—Hey, Nick, me dijeron que andas preguntando por un tuerto que tiene un par de agujeros por nariz.

—¿Sabes algo? —preguntó Nick sin bajar el pie del estribo del tráiler.

—Sí, verás, hace dos días me detuve a checar mis llantas cuando el cantinero del Slow Down, tú sabes, el bar que está a la entrada de Salt Lake, me preguntó si trabajaba para la North Arrow. Pensé que se trataba de un encargo o de alguna queja, sabes.

—¿Y qué pasó? —preguntó un Nick impaciente.

—Bueno, me dijo que una semana atrás un trailero de nuestra compañía había dejado la descripción de un hombre tuerto sin nariz del que debía dar aviso cuando se le viera por ahí. Tienes suerte —dijo sonriente el recién llegado—. Hace quince días le vieron. Iba en un autobús con rumbo a Denver.

Difícil pero no imposible. Nick pasó la tarde buscando cambiar el destino de su viaje hasta que por fin consiguió una carga de poliductos con destino a Nuevo México. De esta forma podría pasar por Denver; un hombre como su padre no resultaba inadvertido.

Seguía teniendo suerte. Dos días después, en un motel de Denver un administrador recordaba haber visto a «ese» hombre.

—¡Claro, cómo no! Un tuerto con aliento a mollejas de pollo —exclamó al administrador—. Dijo que andaba en viaje de negocios y tomó el autobús hacia Omaha.

Nick se sintió frustrado. Aún restaba un día para entregar la carga y tal vez no consiguiera ningún envío para el Norte, como Wisconsin o Chicago que le permitiera pasar por Omaha, así que decidió jugarse una carta peligrosa; tomarse una semana de descanso, arriesgándose a ser despedido del empleo.

Luego de dejar el tráiler en Alburquerque, Nick volvió a subir al Norte. Llegó a Omaha y hotel por hotel, restaurante por restaurante, cantina por cantina, preguntó si alguien había atendido a un anciano de hombros caídos y aliento a vodka con jugo de naranja.

—¡Mollejas de pollo! ¡Imbécil! —gritó el hombre tras el mostrador de aquel restaurante donde Nick entró a preguntar—. ¡Mire que pedirme mollejas de pollo cuando ofrezco los mejores caldos de camarón de toda Nebraska!

—¿Y sabe de casualidad a dónde iba? —preguntó Nick al hombre que aún se mostraba ofendido ante el recuerdo.

—Claro, llegó con los pasajeros del expreso a Kansas.

—¡Kansas!

—Sí, Kansas. Si lo ve dígale que no se vuelva a parar por este lugar, ¿entendido?

Y Nick fue a Kansas.

Y de Kansas a Wichita.

De Wichita a Tulsa.

De Tulsa a Memphis, luego a Birmingham y por último Atlanta, porque ahí se perdió el rastro. Fue todo. Podía haber preguntado en toda Georgia y nadie le daría razón del hombre tuerto y sin nariz. Parecía que el fantasma que había perseguido en la última semana por fin regresaba a su antigua esencia: desvanecido.

Era suficiente. De continuar persiguiendo una sombra anciana y esquiva, pronto perdería lo ahorrado, así que Nick regresó al Norte, renunció al trabajo, bajó la frontera y un 14 de diciembre llegó a Tijuana para conocer el ¡Viva México!

La mañana siguiente de su arribo, vio una mujer que desde el asiento de un auto polarizado observaba atenta la entrada del restaurante. Aquello le llamó la atención a Nick, aunque no lo comentó con su madre. Días después observó lo mismo y comprendió la razón. Todo sucedía en la mesa que estaba casi en la puerta de la entrada. Ahí, un comensal tomaba asiento con una caja de cartón, simulando ser un recién emigrado. El comensal apenas probaba la comida, se apresuraba a pagar y se dirigía al sanitario que estaba al fondo del local, sin preocuparse por la caja de cartón que dejaba abandonada en la mesa.

Cuando Nick vio aquello por primera vez quiso ir tras el cliente a decirle que había olvidado su caja, pero se detuvo al notar algo extraño. Volteó a la mesa y… ¿Cuál caja? ¿En qué momento la habían tomado? ¿Y el carro estacionado afuera?

Lo comprendió todo. Así que el ¡Viva México! era un cruce de misteriosas cajas que llevaban... ¿Drogas, armas, fayuca?

No, las dos últimas opciones estaban descontadas, al menos no era posible en la zona libre que marcaba la frontera. Debía tratarse de algo más interesante.

Una ocasión, mientras la mujer del carro esperaba frente al restaurante, vigilando la entrega de mercancía, Nick caminó decidido y se plantó junto a la portezuela del auto.

—Me invitas a subir o cierro el restaurante y te chingo el canje de hoy.

La puerta del auto se abrió y Nick subió.

Durante el paseo, la mujer del auto le explicó a Nick que un restaurante como el ¡Viva México! era buen sitio. Un magnífico lugar; decente, discreto, poco conocido. Por algo lo habían elegido.

Lástima que se tratara del restaurante de su madre, pensó Nick, que mientras escuchaba intentaba hacer un plan que le permitiera aprovechar todo el juego. Sabía que ahuyentar a tales personajes —fueran quienes fueran— solo traería problemas. A nadie convenía tal cosa. Entonces, ¿por qué no unirse? Había impunidad y ganaría dinero, eso jamás venía mal. Por fin tendría suficiente para pasear con Lina, una joven que solicitaba buen auto, buen hotel y magníficas cenas a cambio de su excelente trasero.

Fue así como Nick entró de lleno al negocio, prestando el local y disimulando ante Ma. Por dos mil dólares al mes se dedicó a esconder autos o esperar de madrugada el cambio de mercancía.

Tiempo después, Nick se convertía en todo un enlace que arreglaba las fechas, revisaba envíos, transportaba dinero, entrevistaba compradores y personajes que tasaban el precio del embarque o corrigiendo el asunto cuando las condiciones no aseguraban el buen destino del cargamento.

Pronto se hizo conocido de burros, madrinas y ordeñadores que hasta al restaurante le iban a buscar. Nick poco pudo hacer para disimular ante Ma y ante Lina.

Hasta entonces, la joven del excelente trasero solo había sido una yonke aficionada a nembutales y antidepresivos. Lo más que se había metido era bencedrina, pero la dejó cuando vio que le causaba indigestión y pérdida de apetito. Por esto, al saber que Nick era un sésamo de polvo, no dejaría pasar la oportunidad de sentir en su sangre un paraíso de navajas.

Mala suerte. Desde entonces, Lina solicitó la dosis necesaria para sonreír en paz cada día, para lavarse los dientes sin temblores en las manos. Era el precio de sus nalgas y su silencio.

—*Can you believe it?* —murmuró Nick, mientras Magali, la Mulata de la Piel Increíble, se desnudaba para mostrar la causa de su nombre de guerra.

Las dosis de Lina jamás fueron problema para Nick. Lo que le molestaba era que ella sólo aceptara ceder su cuerpo cuando andaba por asteroides duros, entre cactus y espadas de sombras.

Entonces comprendió que aquello se había convertido en una pelota de goma rebotando sin parar hacia todas partes. Su madre sabía todo lo relacionado con el negocio y estaría de acuerdo en dar por terminado el trato, aun cuando no dijera nada, respetando de esta forma el silencio por aquella noche «de la escalera.»

Por su parte, Nick no necesitaba convencerse. Sabía que había entrado al juego buscando el dinero y éste siempre parecía esconderse. En cada embarque era la misma angustia y cada día soñaba con un mejor contacto, pero la fortuna grande se esfumaba irremediable. El único consuelo de Nick era el cuerpo de Rosa, la hermana menor de la morena del auto.

Por desgracia no era fácil cerrar la sociedad y hacer de cuenta que jamás había ocurrido nada. Nuevos nombres se habían ido agregando a la lista; Mariela, la mesera del restaurante y esposa de Enrique, también éste, quien era el encargado de prestar el yonke para guardar los autos y cambiarle las matrículas.

Fue con Enrique —el hombre asesinado en el yonke— con quien Nick platicó del fastidio y la frustración, y fue éste el único que lo comprendió perfectamente. Ambos decidieron renunciar, solo que se habían adelantado metiéndole un balazo, aprovechando que Nick andaba por Ensenada consiguiendo una lancha que llevaría el próximo cargamento hasta San Francisco.

Y todo indicaba que la Morena y su gente no descansarían hasta hacerle besar la tierra fría y dura, como la piel de la serpiente con que su madre le espantaba los sueños.

SEIS

El camarero llegó con más cerveza.

—Quise enderezar, *man*. Que la chingada se llevara todo y largarme lejos. No pude. Al contrario, caí en deudas. Debo dinero como no imaginas. Ahora me vale, renuncié con el madrazo que le di a la Morena.

Antonio guardó silencio. ¿Era la cerveza, la música o la necesidad de contar el pasado? Todo y nada.

Salieron.

En el estacionamiento, el viejo Datsun soportó un par de vomitadas sobre el cofre. Luego de recostar a Nick en el asiento trasero, Antonio cerró la puerta y se acomodó tras el volante. Encendió el auto y se dio a la tarea de buscar un motel donde dejar que las cabezas girasen tanto como les pegara en gana. Al doblar la esquina, por el retrovisor miró un auto desprenderse de la acera.

Demasiado simple. Lo había visto suficientes veces en televisión como para no saber que alguien los seguía.

¿A dónde ir? ¿Regresar a Tijuana? ¿Viajar de noche? En el estado que se encontraban terminarían volcándose en algún recodo del camino.

Existen acciones que no se piensan, simplemente se pisa el acelerador y en el trozo de metal y hule se deposita la esperanza, mientras el bombeo de gasolina y aceite indica la posibilidad de sobrevivir.

Por desgracia el Datsun no era para correr. Ni siquiera en buenas condiciones hubiera servido. El viaje desde el Defe a la frontera le había gastado el alma.

—*Take it easy, man* —murmuró Nick desde su letargo en el asiento trasero. Por el espejo, Antonio le miró sacudir la cabeza e incorporarse tan sobrio como tres horas antes. Parecía que la embriaguez era producto suyo únicamente.

—¡Mira, un Colibrí!

En el parabrisas, Antonio buscó el revoloteo de pequeñas alas. Equivocación. Nick había hurgado en la caña de su bota y, como un tahúr buscando el as del triunfo, sacado una pistola diminuta.

—Colibrí. Así le llamamos. En realidad es una Sikuta Special de diez milímetros, *you know*, esos malditos japoneses todo lo inventan —dijo Nick revisando el pequeño cargador del arma que bailaba entre sus dedos.

—Hay una más pequeña todavía, especial para defenderse de violaciones. Las mujeres la pueden guardar en el chocho, se dispara con un apretón de nalgas. Imagínate, poder disparar por el culo.

Antonio continuaba con la vista fija en las calles desiertas a esa hora de la madrugada.

—Acelera a fondo las dos cuadras siguientes, luego tuerce de putazo a la derecha. Eso nos dará tiempo.

Tratando de no equivocar, Antonio hizo lo indicado, mientras escuchaba un leve roce. Nuevamente por el espejo, vio en la mano de Nick aparecer la misma Sikuta pero esta vez con una extensión larga, como un martillo mediano.

—Este es el pico del Colibrí y le ayuda a convertirse en un taladro que hace agujeros sin molestias ni ruido —explicó, al tiempo que Antonio terminaba de girar al auto, quedando a la entrada de un callejón vacío, apenas habitado por perros que husmeaban, mascando huesos y gruñendo entre sí.

El auto no tardaría en aparecer.

—Deja todo y sígueme.

Bajaron del auto. Corrieron a la esquina y se detuvieron a esperar tras la barda más cercana a la bocacalle.

Oscuridad y angustia.

Instantes después, el carro de sus perseguidores entró y su conductor, al ver el Datsun estacionado a la entrada de la bocacalle intentó frenar. Impedido por la velocidad se estrelló en la parte trasera. De inmediato, Nick llegó a la ventanilla del conductor, acariciándole la sien con la Sikuta y su pico de mosquito, obligándole a bajar.

—Despacio, Nick, que tú ya estás jodido —advertía el hombre que bajó del auto, lentamente, como una bailarina dislocada—. ¿Entiendes? Jodido.

—Okey —dijo Nick, sin cambio en la voz—. Pero antes me daré el gusto de sacarles la mierda.

Hay cosas que se ven en las películas y no necesitan indicación, pensó Antonio. Asi que revisó el cuerpo del hombre y al terminar de hacerlo una pistola de sobaco más dos cargadores fueron su ganancia.

—Imbécil, te van a joder, Nick. Mejor ve con la Morena, ella y Chuy quieren hacer un trato.

—Ajá, por eso lo enviaron a usted a meterme un plomazo.

—Qué va, Nick, me mandaron a pedirte la fecha y la matrícula del embarque, además, dicen que les debes dinero, mucho dinero.

El desvelo mezclado con la cerveza subió por los intestinos de Antonio que se inclinó para vomitar, luego se recargó en el Datsun a sentir el aire frío lamiendo su rostro, obligando a subir el cierre de la chamarra.

—Estás jodido, Nick, mejor habla con ellos —insistió el hombre.

—Cállese el hocico y escúcheme, Dante. Siempre me ha caído de a madres, así que quiero verlo hincado antes de meterle un plomazo en la puta cara.

Antonio volteó para observar aquello. Pensaba que el aspecto del hombre llamado Dante ofrecía diez mil posibilidades contra una de que se arrodillara.

Sin embargo lo hizo.

—Mira, Tony. El famoso Dante resultó ser un pájaro nalgón.

—Okey, pinche Nick, termínala, si me vas a meter un plomazo hazlo, sin humillarme.

—Cállese el hocico, Dante, nomás me lo cojo y lo devuelvo a su chiquero. Órale, bájese los pantalones.

El silencio se apoderó del callejón. Las palabras se retorcían, caían lodosas, puteadas. El tal Dante, angustiado, buscaba la mirada de Antonio pidiendo la explicación del juego, el significado de las reglas. Al no obtener respuesta volvió su vista hacia Nick para encontrar únicamente la Sikuta, apuntando a su cabeza.

Quizá en su código, arrodillarse era ir demasiado lejos. Bajarse los pantalones simplemente no podía ser imaginado. Aquel hombre intentó protestar y sus palabras fueron gruñidas por los perros flacos y sucios que se acercaban como espectadores.

—Lo estoy esperando, puto.

El silencio se hizo más delgado, hasta escucharse el chasquido de la Sikuta amartillada por Nick. El simple sonido, provocó que el tal Dante se derrumbara como un pedazo de noche.

Antonio supo que sus pronósticos habían fallado. Las manos del hombre fueron hasta su cinturón y lentamente bajó sus pantalones.

Como un actor no invitado, arreció el frío, agarró las manos de Antonio, las sacudió y de paso agitó sus dientes. De reojo, miraba las nalgas del hombre, su piel aterida por la escarcha, mientras Nick hurgaba entre ellas con el cañón de su arma.

—¿Qué le parece un balazo aquí en medio, Dante? ¿No le apetece tener un culo más grande?

Antonio consideró que era el momento de intervenir. El frío había congelado su miedo y entre ambos metían su lengua acida y escamosa en sus encías. Tienes miedo, pensó. Eres un culero, Antonio Zepeda, un cobarde que no acepta ver a alguien jugar con una pistola entre las nalgas de nadie.

—¡Vamos, Nick, para ya de mamar! —gritó. Su voz salió en hilos, lloviznada, débil.

—Tony, No sabes de lo que este cabrón es capaz. ¿Verdad, Dante? ¿Verdad que le gusta hacerla de pollero para coger salvadoreñas?

A lo lejos, una sirena mordía la madrugada. Nick guardó la pistola.

—Póngase de pie, Dante, y lléveles pa' atrás un recado a la Morena y al Chuy; dígales que chinguen su madre, que me dejen en paz, y que usted tiene el peor culo que he visto en mi puta vida.

—¿No está mal el cambio, verdad? —dijo Nick una vez que estuvieron a bordo de aquel auto. Era el mismo que momentos antes condujera ese hombre que se había quedado kilómetros atrás a medio desvestir, siendo observado por los perros del callejón.

Antonio apenas asimilaba la idea de que su Datsun había quedado olvidado para siempre en un callejón de Tecate.

—¿No te da gusto? —preguntó Nick—. Este carro es más chingón, *man*.

No. No le daba gusto. Antonio mantenía trabados los dientes por el frío, sentía difícil respirar y no quería agonizar riendo, festejando las bromas estúpidas de un Nick eufórico por su triunfo, aunque fuera cierto que el cambio le beneficiaba. Era grande la diferencia entre su gastado Datsun y aquel Cirocco que respondía a la caricia del acelerador, escalando piedra, desafiando sumideros, subiendo por la Rumorosa...

Acelera, acelera, quiero verles continuar la línea fronteriza, llegar a Mexicali, internarse en las avenidas de este vecindario de casas amplias. No te preocupes porque sea de mañana. El camión de la basura ya se encargó de despertar a todos con su campanilla.

Estaciona, disfruta un poco, mira a los vecinos sacar sus tambos llenos de desperdicios y basura envuelta en bolsas del K'mart, preciosa costumbre fronteriza, ¿no? Cruzar la frontera para visitar los *swaps meets* y de regreso aprovechar los especiales en Long's, para comprar *baby powder* y *shick injector*, naranjas californianas, refrescos dietéticos.

Pobre chilango, nunca entenderás tal cosa, mejor atiende cómo Nick baja del auto y cruza la calle. No te preocupes, él conoce la zona. Tan solo mírale caminar la banqueta y avanzar por el prado de esa pequeña casa de techo verde y cerca de madera.

Nick saca una llave, abre la puerta y cuando le sabes en el interior te dedicas a revisar la guantera del auto. Nada de valor, solo carteras de cerillos del cabaret donde estuvieron la noche anterior.

Abandonas el auto y te diriges al quiosco a comprar *El Mexicano*. Encuentras la nota sobre el dueño de un yonke asesinado en Tijuana, «para robarle la cuenta del día», así lo declara la esposa, Mariela Sánchez, bla, bla, bla. ¿A quién pertenece el nombre de Mariela? Claro, a la joven que les atendió en el restaurante de Ma y...

Antonio no pudo seguir la idea porque en ese momento miró a Nick salir trenzado a golpes y arañazos con una mujer.

—¡Hey, Tony, ven acá y agarra esto! ¡Hey, Lina, calmada esa!

Antonio dobló el periódico, caminó hasta la barda de madera blanca y atrapó la maleta que Nick le lanzaba. Luego regresó al auto sin dejar de oír los insultos que cálidamente la pareja se prodigaba.

Cuando Nick llegó hasta el auto pidió manejar. Antonio encogió los hombros y se movió hacia el asiento del pasajero.

—¡Puta madre, pinche morra! —dijo Nick encendiendo el auto—. ¿Dónde pusiste la maleta?

—Aquí atrás.

—Trae unas birrias, destápalas.

Antonio abrió la maleta y encontró un paquete de cervezas y algo más.

—¿Por esto eran los golpes?—preguntó.

Nick volteó hacia el pequeño bulto cuidadosamente abierto.

—*Yeah*. Era su dotación de esta semana, pero si ya anda con otro bato que él se la compre, ¿no?

—¿Tú le pones? —preguntó Antonio.

—De vez en cuando, cabrón. Prefiero el JB o el Hornitos reposado. Y mejor no hagas preguntas, entre menos sepas menos te jodes.

Nick detuvo el auto.

—Bájese mi querido chilango.

La orden era clara. Antonio bajó del auto y observó a Nick a través del parabrisas.

—Si no regreso, la estación de buses está a dos cuadras —dijo Nick al tiempo que aceleraba el auto.

Solo, parado en aquella calle de una ciudad extraña y nueva, Antonio se dedicó a evitar cualquier pensamiento que pudiera conectarle con Azcapotzalco y una antigua novia; con Garibaldi y una puta durmiendo en su hombro; con la Mixcoac y una meada desde algún puente peatonal; con Bucareli y una anciana atropellada por un carro con placa diplomática...

No, ninguna terminal. Ningún regreso.

Prefirió pasar el tiempo hurgando discos viejos en Plug's; luego se cortó el cabello en Richard's; tomó una malteada en Hollywood Drive-In; compró calcetines en SuperSuxyBond y una Miller en Pepe's Marketa.

De vez en cuando revisaba la calle por si aparecía el Cirocco, hasta que sin darse cuenta entró a una mueblería; Ponce Furniture.

En un ropero de tres lunas observó su ropa, su cara. Tenía sangre en el hombro izquierdo. ¿Cuando había ocurrido? Parecía un desgarre, como un balazo.

...cajas cayendo a romperse en el suelo, astillas de vidrio inundando todo...

La empleada del local miraba la tele entre bostezos y tragos de Sprite. Antonio sabía que era vigilado de reojo mientras caminaba por el departamento de colchones. Y supo que la joven no intentaría detenerlo cuando se acostase en uno de ellos. Estaba agonizando y ella lo entendería.

No, ya lo había decidido. No habría regreso.

...para que no lo pague de a tres varos, se lo venimos ofreciendo... ¡Azul! ¡Azul! ¡Azul! ¡Azul! ¡Azul! ¡Azul!... Cincho, carnal... Correspondencia Pantitlán-Observatorio...

Y sonó un claxon.

—Hubieras visto, *man*. Todos iban a sus lóckers por dinero para el arpón. En su vida habían olido tan fregona mierda por tan poca feria. ¡Una ganga! Ahorita todavía están pedorreándose de felicidad en la alberca y en los saunas. Tenemos dinero, *¡need action tonight, man!*

SIETE

Se llamaba Amalia, tenía veintidós años, era morena, risueña, y le rasguñaba suavemente la espalda mientras el sol entraba en el cuarto.

La noche anterior la había conocido en El Caballo Norteño, donde se desnudaba en una pasarela a ritmo de John Cougar. Antonio se sentía feliz, tranquilo. Le valía madre que alguien les anduviera buscando con propósitos carniceros.

Amalia compartía el departamento con Adelina, otra joven que también se desnudaba a ritmo afroantillano y que a esa hora dormía con Nick en la recámara de al lado.

Ambas habían pactado con la noche y ésta les respetaba. Eran guapas, alegres. Amalia tenía los senos más redondos que Antonio hubiese conocido, y acaso esta era la razón por la que varios peregrinos sin rumbo ni fe habían derramado su copa, cuando la noche anterior ella retirara su sostén en la pasarela.

Sin embargo, pensamientos tan fenicios no podían hacerle olvidar el asesinato del yonke. Qué regla, qué señal había equivocado el tal Enrique para que lo mataran.

El asesinato del yonke ¡Vaya título para una novela!, pensó. ¡Otro éxito más, pleno de suspenso y acción por el mago del miedo y la paranoia, el laureado escritor Antonio Zepeda!...

En ese momento, Amalia giró sobre la cama y emparejó sus nalgas con las piernas de Antonio. Todo pensamiento se desvanece, se renueva, se reconstruye. Recordó la penumbra, las luces de El Caballo Norteño, su lunar en la parte media de la espalda cuando por fin quedó desnuda, recostada en la pista, balanceándose, poseída por decenas de ojos.

Antonio todavía no imaginaba que la besaría y le haría el amor. De cualquier forma, volvió a pensar en la suerte que les tenía preparada la Morena o el tal Chuy cuando les encontraran.

En ese momento, la puerta se abrió de golpe y Antonio no pudo contener un grito. Nick soltó una carcajada y entró rascándose los bellos de los brazos.

—¡Ora, güevones! —gritó—. Si no se apuran los dejamos. Adelina y yo nos vamos de camping.

El cuerpo de Amalia resistía cualquier examen. Lo había visto en el cabaret y en la intimidad de su recámara sin perder la gracia al dejar caer sus ropas. Y estaba ahí desnuda, en medio del desierto, sonriendo, mostrándole el funcionamiento de una cámara fotográfica.

—Todo el que pase la noche conmigo debe tomarme fotos. Así recuerdo mejor mis penas —dijo, terminando de zafar la correa de la cámara, poniéndola sobre el cuello de Antonio—. Espero que las tuyas sean buenas fotos, para recordarte con más cariño, chilanguito.

Antonio intentó no defraudarla, aunque en su vida había disparado una Canon. Recordó la frase de Nick: «Los japoneses inventan todo». Ellos habían diseñado esa lente con que Amalia quedaba recortada en el desierto; margen, paraíso, escenografía. La mano de Antonio temblaba al mirarla posar, como si el ojo de la cámara fuera la multitud reunida en El Caballo Norteño y aquel su turno de salir a la pasarela.

Adelina y Nick se habían metido al auto alegando que la arena les picaba la piel, y no podían revolcarse a gusto sobre ella. Tal vez imaginaban que acostados era la única forma de fornicar, pensó Antonio, y no como Amalia le había sugerido: recargados en las peñas, admirando la planicie, la aridez lejana y sin fin del desierto.

—Te voy a dar copias de estas fotos. Siempre que las mires recuerda que las tomaste y luego hicimos el amor.

Hay palabras que duelen. Antonio supo que jamás vería tales fotos, ni volvería a disfrutar ese cuerpo. Apenas regresaran a Mexicali, alguien estaría esperando para matarlos, y en el Defe, sus conocidos preguntarían la razón de que Antonio Zepeda muriera en la frontera, metido en tales enredos.

—¿*Whats the matter*, chilanguito?

¡Maldita sea! Estaba seguro que jamás vería tales fotos.

Nick y Adelina salieron del auto. Estaban desnudos, igual que ellos. Ambas parejas se dedicaron a trotar por el páramo, sintiendo la arena, bailando, gritando, mientras el sol se iba poniendo de un rojo que daba tristeza.

Al caer la tarde, escucharon aullar a los coyotes. Alguien comentó que era tarde y Amalia se abrazó a él diciendo que tenía miedo.

—Solo son coyotes —explicó Adelina y Antonio no dijo ninguna maldita palabra. Sabía lo que el miedo de Amalia significaba.

Treinta y dos años, un matrimonio frustrado, una hija que poco a poco le costaba más trabajo comprender, y diecisiete empleos recorridos en una ciudad cabrona, hostil, rencorosa, cayéndose a pedazos, era la totalidad de su vida que por veinticuatro horas imaginó cambiada.

Mientras la carretera se escondía bajo el auto, acercándoles a Mexicali, Antonio sentía la presencia de Amalia pegada a él como las llantas al pavimento. De pronto se vio junto a ella, despidiéndose de Adelina para irse a vivir a Tabasco o Tamaulipas, a convertirse en un apacible granjero, padre de cinco hijos...

Las premoniciones son fatales, implacables, crueles.

La noche apenas comenzaba cuando dejaron a Amalia y Adelina en su departamento. Luego, Antonio acompañó a Nick a terminar de vender el resto de coca que restaba.

Cuando regresaron, Adelina estaba tirada en el pasillo, con la cara y el cuello destrozados por tres impactos de bala.

En la recámara estaba Amalia, tan increíblemente desnuda que la luna filtrada por la ventana no se atrevía a tocar su cuerpo desfigurado por la muerte.

En su mano, aún estaba el vestido de lentejuela dorada que ya no usaría esa noche.

Tal vez, los peregrinos sin rumbo ni fe de El Caballo Norteño llorarían su ausencia.

Y si la luna seguía entrando por qué no permitírselo del todo. Antonio se acercó a la ventana para terminar de correr la cortina y un balazo rompió el cristal, justo enfrente de su cara.

Era su bautizo, pensó. Ya no regresaría a ninguna parte, sería armado caballero fronterizo. Su destino sería vagar la redoma de la tierra, dedicarse por los siglos de los siglos a soñar la desnudez de Amalia y su sien bañada en sangre.

Aquel dolor en el rostro le hizo imaginarse muerto, pero el ruido que hizo Nick al caminar presuroso por la habitación lo contradijo. Aquel disparo era señal de que les iban a cazar divertidamente.

El puto miedo entró de nuevo amordazado, caliente, pegajoso. Antonio comprendió que en el dolor y la oscuridad existen cosas que se intuyen. Nunca había utilizado un arma, sin embargo, al desfundar la .45 que quitara al tal Dante, se sintió con los güevos suficientes como para ganar la calle a punta de balazos.

Pronto se arrepintió al escuchar la forma en que esos tipos llegaron destrozando la puerta.

OCHO

Tal parecía que los tipos llevaban un cañón en vez de las simples pistolas con que suele matarse la gente común y corriente.

Los pedazos de madera y cartón, que por todas partes caían entre caos y violencia, hicieron que Antonio se preguntara cómo iban a salir de aquello. ¿Derramando balazos o sangre?

—No se te ocurra disparar, chilanguito. Si lo haces te acaban. Quédate en lo oscuro —susurró Nick, mientras se arrastraba por el piso evitando la luz que la luna seguía filtrando por la ventana.

Según Antonio los atacantes eran tres; dos en la sala y uno en la cocina que cubría la salida a la zotehuela del departamento.

—¡Hey, Nick! ¡Te voy a meter la pistola en el culo, ya que estés gozando te soltaré un plomazo! —gritó alguien y Antonio reconoció la voz; la última vez lo había visto con las nalgas desnudas, ateridas por el frío.

—¿Oíste, Nick? ¡Veremos si eres tan cabrón! —aquella era una voz distinta. De cualquier forma no terminó la frase. Nick disparó al lugar donde nacía el grito y el ruido de un cuerpo cayendo hizo comprender a Antonio que la situación se nivelaba; dos contra dos.

En algún viejo episodio de *Kalimán*, Antonio había escuchado el truco de lanzar un objeto hacia un lugar distante para distraer al enemigo. Ardid tan viejo como su abuela quien ya no vivía para contradecirlo. De cualquier forma, lo intentó. Lanzó una moneda que resbaló sonora en el piso de madera.

—¡A otro perro con ese hueso! —se oyó la voz de Dante.

Comprendió que había fallado. Lo peor era que la luz diurna recorriendo el cuerpo de Amalia, iluminándolo, continuaba su camino y lentamente se acercaba hacia donde él estaba. De seguir, pronto estaría sobre sus piernas, ellos verían su silueta, dispararían...

Fue precisamente en ese momento cuando lo hicieron.

El cuerpo de Amalia se sacudió por los impactos que arrimaron más su espalda hacia la luz que ya paseaba por sus lunares.

El disparo dio ventaja a Nick, quien conocía el terreno, y había atendido al lugar donde nacieran las flamas de la percusión. Sonó el disparo.

Un silencio cargado de pólvora atravesó las habitaciones, dejando la certeza de que únicamente quedaba un pobre diablo, en algún rincón de la zotehuela, imposibilitado de saber lo que sucedía en el resto de la casa.

Nick rodeó la sala, cruzó el pequeño comedor escudándose tras la mesa y se dirigió a la cocina.

Silencio. Total silencio.

Un disparo desde la penumbra provocó que el tipo terminara por delatarse. Nick se recargó a la pared, encendió la luz y entró apuntando a la espalda de aquel hombre.

—Parece que nos volvemos a encontrar, Dante.

Antonio observó que el hombre lloraba.

NUEVE

Una calle desierta en una ciudad fundada sobre desierto.

Bonita ciudad para tirotearse a gusto.

Antonio manejaba mientras Nick se encargaba de acomodar a pistoletazos la cabeza de Dante quien escupía sangre y sorbía la nariz luego de cada golpe, con la esperanza de no olvidar el lugar donde tenía puesto el cerebro.

—¿Le gusta esnifar? —preguntó Nick.

Los ojos de Dante brillaron. Antonio miró a Nick sacar la bolsa con la cocaína que aún restaba.

—Claro que le gusta, cabrón. Lo he visto periquear con el Chuy.

Sin dejar de apuntar, Nick colocó la bolsa sobre el asiento.

Bajo las ruedas del Cirocco hacía rato que vivía la Rumorosa, la gran roca del desierto.

—Dicen que en estas cumbres espantan. ¿No le da miedo, Dante?

Y Dante, sudaba.

—Es su día de suerte, cabrón —dijo Nick entregándole el paquete de polvo—. Aquí tiene la mejor vitamina c, quiero que se la acabe, así que lléguele.

Los ojos de Dante ya no brillaron. El miedo los ocupaba.

—No me hagas nada, Nick —suplicó.

—*Shut up*, no tiene permiso de hablar hasta que no tenga toda esa coca metida en la nariz. ¡Órale! —ordenó Nick, poniendo la Sikuta en la nuca de Dante y obligándole a meter la cara en la bolsa del polvo que parecía brillar en la oscuridad.

Dante intentó resistirse.

—No sea güey, si de todos modos se lo va a cargar la chingada mejor que sea contento, ¿no? —intervino Antonio.

Tal vez la frase no era afortunada, pero resultó milagrosa. Dante comenzó a respirar con avidez.

—La nieve es buena, *man*. Como que yo mismo la cortaba —dijo Nick—. En su puta vida probará algo mejor. ¡Sígale!

Antonio comprendió que Nick tenía razón. Dante jamás volvería a probar maldita cosa. La Rumorosa les bendijo con su magnitud al llegar a la cresta.

—¡Detén el auto!

Antonio frenó la marcha y encendió la luz interior del Cirocco para mirar el rostro del condenado a muerte que ya lanzaba un murmullo afiebrado por el exceso de cocaína.

—¡Apaga esa luz, carajo! —gritó Nick.

Antonio buscó el interruptor y el interior del auto volvió a llenarse de penumbra. El instante había sido suficiente para conocer la mirada de Dante y explicar el por qué Nick necesitó tomarle la camisa, abrir la portezuela y sacarle a rastras.

Estaban en la cumbre, al pie de los desfiladeros. La luz de Tijuana se miraba abajo, lejos, como una constelación pequeña y sonriente.

—*Wacha*, cerdo. La Gran Tiyei, *you know*. Ciudad más cachonda en el mundo no existe, *man*. Todo mi amor es esa ciudad, mírela bien y dígame si no es preciosamente puta. ¡Contésteme, cabrón!

Dante intentó decir algo pero de su boca solo nació un soplo que se deshizo con el viento frío de la montaña.

—¿Verdad que es jodidamente hermosa?

Dante lanzó otro soplo que se volvió una espiral de angustia.

—¡Conteste, puto.! ¿Verdad que Tijuana es puñeteramente linda?

Y en ese instante, la lucidez pareció entrar por un resquicio al cuerpo de Dante y depositarse intensamente en sus ojos. Su cuerpo se convulsionó. Como si la certeza de la muerte buscara un efecto que cambiara el curso del instante próximo. Aquel lapso de energía se concentró en sus labios y éstos lograron despedir un sonido ligero, apenas perceptible.

—Siiiiiií.

—Okey, pues se la regalo. Tiyei es suya, *man*, vaya por ella.

Nick empujó suavemente a Dante quien permaneció un instante balanceándose en el borde del abismo. Poco después, todo su cuerpo resbaló por el precipicio que sus pies encontraron.

DIEZ

No fue el sol sino las ratas que peleaban la posesión del viejo Toyota, donde pasaron la noche, quienes los despertaron. Ambos se encontraban en la parte trasera del yonke del difunto Enrique.

En el espejo retrovisor, Antonio observó cómo la falta de aseo, sus orejas y la sangre seca que permanecía pegada a su frente, se combinaban de tal manera que le alejaban demasiado del pulcro Antonio Zepeda que había sido hasta entonces.

El remedio era fácil. Bastaba ir al aeropuerto, pedir un boleto y en tres horas estaría pisando asfalto defeño, a recuperar su acento chilango que poco a poco había perdido.

Nick fumaba observando las pilas de autos incompletos, chocados, prensados, incendiados, olvidados...

—Hey, Nick, ¿quién chingaos es Rosa?

—¿Por qué? —preguntó Nick a su vez, atento al callejón que llevaba a la oficina donde días antes encontrara el cadáver de Enrique.

—Pasaste la noche repitiendo su nombre, diciendo no sé qué diablos acerca de su pie.

Silencio.

—¿Su pie? ¿Eso dije?

—Sí, que de todos modos la querías.

—Bah, olvídalo. Rosa es hermana de la Morena, pero en versión santificada.

Hubo una pausa que permitió oír nuevamente a las ratas continuar su disputa.

—Rosa es todo lo contrario a la Morena —continuó Nick—. Ésta es una perra, ella fue quien mandó chingar a este vale, estoy seguro.

—¿Por qué?

—Es lo que quiero saber —respondió Nick, al mismo tiempo que sonreía, mostrando sus dientes acostumbrados al tabaco oscuro para luego apretar la colilla de su cigarro en el parabrisas. Por el pasillo, dos hombres se acercaron.

—*We are no satisfied with the Job*, Gustavín. *You see, there's a big trouble about that.*

—*Shit, man,* cuando lo vi muerto tuve miedo de irlo a tirar.

—*That's your problem, man. The* Morena *says that you are in debt and got to pay with another job.*

—¿Otro? Pero si todavía no me pagas toda la feria por lo de Enrique.

—*We got troubles with the* cargo, *but she wanna be good and send to you this money. Take it. We need Nick with a shot in the head. You got to do it,* Gustavín. *Right? Remember, Nick got to be dead this weekend and you will be a fucking rich man, baby.*

Escondidos en el Toyota, escucharon los pasos alejarse. En la cajuela, las ratas aún continuaban su disputa de territorio.

—Parece que no estarás vivo la semana que viene, Nick. ¿Por qué te buscan? ¿Solo por el dinero que debes?

—No hagas preguntas, chilango. En este jale cuando vales madre recibes un balazo y se acabó. De todos modos me buscan por el encargo que llega en estos días. Necesitan la matrícula y la fecha de llegada de la avioneta. Tienen miedo que me adelante a recibirlo y me quede con todo.

—Hey, no estaría mal. ¿Es mucha lana?

—Como dicen en las películas, más de la que podemos meternos por el culo. Y como anda gruesa la situación con la huelga del hipódromo, el *cash* en Tijuana no circula como debiera.

Salieron del auto y se dirigieron al final del yonke.

—El hipódromo es vida aquí en Tiyei —continuó Nick—. Sin él no se puede correr dinero, menos limpiarlo. Por eso el cargamento que viene significa un mes de mercancía segura para el consumo de esta zona.

—¿No tienes miedo que te delate?

—¿Tú? ¡Grandísimo pendejo! ¿Qué le dirás a la policía? *Com'on* Tony, *don't fuck me.* Eres chilango y es suficiente para que te tenga confianza.

—Siendo así, te mandaré una postal de la colonia Roma, donde vivo, porque me largo esta misma noche.

—¿Eres o te haces pendejo? Si te acercas a la terminal estás jodido.

Antonio se detuvo y acomodó los cabellos que sudorosos se pegaban contra su frente.

—Entiende, cabroncito. No se te ocurra pisar la central de autobuses o el aeropuerto. No faltaría el aduanero que te entregara a la Morena. Usted nomás tranquilo, *man*, malíciela.

Luego de saltar la barda del yonke, ambos se perdieron en las calles vecinas, hasta tomar la singular avenida de los tantos nombres.

Caminaron tranquilamente por los Pinos. ¿Quién carajo se fijaría en un par de cadáveres desvelados y sucios que iban hacia la presa Rodríguez con paquetes de cerveza en bolsas de papel?

—¡Algo debíamos tener de bueno los mexicanos! —exclamó Nick, arrojando el bote vacío de Modelo al basurero formado entre los bloques macizos de la presa.

—Nuestra birria es la mejor, *man*, o qué me dices de la Bohemia. Carajo. ¿Y la Victoria? Ligera como debe ser una ligera —pregonó Nick, mientras paseaban entre varillas y cables de acero que soportaban la mole de concreto y piedra.

Por su parte, Antonio opinaba que la Superior le satisfacía, sobre todo luego de un plato de chorizo con huevo, y que la Negra Modelo le gustaba disfrutarla...

...Amalia entra en tus ojos, desnudándose, moviéndose...

Un golpe de Nick en la espalda le hizo perder el equilibrio.

—Hey, *man*, despierta. Morir atropellado en Tiyei no es ningún orgullo.

Antonio mantenía una sonrisa estúpida, mientras miraba el auto que había estado cerca de atropellarle. Buscó su paquete de cigarros y en la bolsa de su chamarra encontró el rollo de fotografías que Amalia le diera.

—¿Y qué opinas de la Budweiser?

—Mierda —contestó Antonio.

—¿Y de la Bud?

—Rastrojo.

—¿De la Heineken?

—Estiércol.

—¿De la Miller?

—Agua.

—¿De la Michelob?

—Bah, lo único bueno es el anuncio.

—¿Te gusta Phil Collins? *Yeah*, eso es bueno, ¡salud!

Antonio hubiera querido responder que no, pero en realidad le gustaba escuchar a Phil Collins anunciando cerveza. Un gusto snob diría Amintia, su ex esposa.

Sin dejar de tomar, Antonio y Nick continuaron su recorrido al borde de la presa, haciendo alardes de equilibrio, lanzando botes al vacío a velocidad maratónica.

—Deberías verla, *man*, siempre se desnudaba de abajo hacia arriba, comenzaba con los zapatos y terminaba con los aretes…

Antonio desprendió otra cerveza del paquete y de inmediato inició su consumo. Su mareo aumentó sin poder imaginar a la tal Lina desnudándose con la cadencia que Nick se esforzaba en describir, sobre todo porque Amalia insistía en quitarle los ojos y llevárselos para conservarlos junto a ella.

—¡Pinche Lina puta! —gritó Nick y la presa le contestó con el sordo sonido del aire frotando sus cables de acero.

—¿Entonces en qué quedamos? ¿Qué opinas de la Lovenbrau?

—Azúcar con tierra.

—¿Y la Dos Equis?

—Grandiosa.

—¿Y la Kronenburg?

—Polvo.

—¿Y la Chihuahua?

—Miel.

—¿Y la Pacífico?

—Prefiero la Montejo.

—¿Y la León?

—Opto por la Indio.

—¿Y la Coopersagei?

—Guajjj, mayonesa.

—¿Y la Hussongs?

—Chingona.

—¿Y la Coors?
—Gamborimbos.
—Aspeita.
—Timooro.
—Guilcapet.
—Astomab.
—Sitwer.
—Alka-Seltzer…

ONCE

Al día siguiente, divertidos, escucharon platicar de cómo se acercaron al auto y pidieron compartir la cerveza.

Al principio ellas se habían asustado, pero luego miraron que solo se trataba de un par de borrachos diciendo palabras sin sentido.

Libeth y Zula eran pintoras. Ambas tenían los ojos verdes y una casa en la playa de Rosarito.

De nueva cuenta le tocó a Antonio la de senos más grandes: Libeth. Con ella coincidió en que Dalí era un pendejo y Picasso su semejante. También le dio por mentir diciendo que en la Ciudad de México vivía en la casa que habitara Leonora Carrington y en alguna parte de su sala tenía originales de Remedios Varo, Guayasamín y González Caballero.

Tal como suponía, Libeth no sabía de quién le hablaba, aunque se mostrara experta en las portadas del *Gardens & Homes* y los cromos con que David Far ilustraba las páginas de *Custome D'Luxe*.

¿Valía la pena platicar de algo más trascendente como no fuera la técnica del *gouache*? Sin embargo, coincidía con ella en su preferencia por Klee y Miró, mientras le dejaba pellizcar sus nalgas.

—Oh, así que el muralismo no te interesa, okey, okey —decía Antonio al tiempo que ella sobaba su pene y comenzaba a ponerlo entre sus labios.

—Oh, así que prefieres los cuadros pequeños, íntimos —comentaba Antonio mientras la veía montada sobre su bajo vientre, cerrando los ojos, dejando sus tetas bambolear alegres.

Al terminar, y luego de obligarle a bañar, Libeth le mostraba sus trabajos. Tal vez tenía que ver la manera en que ella se dejaba poseer o cómo se movía sobre su cuerpo, el caso es que Antonio sentía un gran afecto por esos dibujos de acuarela y pluma seca y que en su mayoría capturaban bucólicos paisajes de aridez fronteriza.

Esa tarde, Libeth se acercó misteriosa. Llevaba una cartulina que Antonio tomó entre sus manos y quedó observando. Era el desnudo de un hombre de nalgas redondas y espalda casi femenina. Le sorprendió encontrar su cara en el dibujo.

Antonio no supo qué responder. Y cuando lo intentó, sus palabras quedaron suspendidas en mitad de la sala. Enredadas con los viejos chistes de Raúl Velasco en el televisor.

Ya Libeth le había olvidado y estaba junto con Zula viendo la pantalla del televisor. Aquel programa significaba que era domingo y habían pasado dos días en esa pequeña casa de playa, sin otra cosa más que comer, bañarse, ponerse el condón y fornicar.

Antonio puso a un lado el dibujo de su propia figura y miró por un rato a Raúl Velasco, quien pregonaba a Dios antes de cada corte comercial. Sin pensarlo, Antonio se acercó hasta Libeth, la tomó por la espalda, de un golpe le bajó el short y la reclinó contra el sillón hasta poner su culo frente a la pantalla del televisor, mientras se contorsionaba para poder penetrarla.

Nick, por su parte, explicaba a Zula que lo que Antonio realizaba en aquel momento era una posición de gran sentido místico, transmitida de generación en generación por sus antepasados aztecas; una forma de venerar a la televisión, el gran tótem tecnológico que había sustituido a Coatlicue, la madre de los dioses.

Zula quiso probar también aquella posición que, gracias a Nick, estaba convencida le podría comunicar con los mantras más profundos del pensamiento.

—Dice que si conoces a Carlos Castaneda —comentó Nick.

—*Of course* —respondió Antonio, y aquello bastó para que Zula decidiera desnudarse.

Divertido, Antonio la obligó a esconderse bajo la cama, dejando asomar únicamente la cintura.

Momentos después recibía lo suyo y Nick explicaba a Libeth que con tal posición se negaba la vista del pecado, porque la sensación era todo lo que importaba, mientras se escuchaba bajo la cama los gemidos de Zula deshaciéndose.

¿Quién lo diría?, pensó Antonio. Tres mil kilómetros al Norte, finalmente podía practicar el sexo que siempre había imaginado y al que su esposa Amintia tanto se negara.

DOCE

Los días siguientes no fueron de ningún modo descansados. Las gringas les aventajaban en reponer fuerzas con sólo sentarse frente al televisor. Como si el aparato fuera su fuente de energía.

En momentos tales, Antonio se veía tentado a marcar el número de la oficina y decir su paradero, pero lo olvidaba conforme se iba acostumbrando al vegetarianismo de las gringas y la pasividad de Nick quien, aprovechando el tiempo, se iniciaba en los misterios insondables de la acuarela y el modelado en barras de jabón.

Por su parte, Antonio dedicaba las tardes a diseñar nuevas *aztec ritual ancestral sex positions* que Libeth pensaba publicar e ilustrar en un artículo para la revista *Fresh Flesh*.

Ulla Ulla, Kitchen Sing Sing, Corn Flakes Crash, Transmutati Mirror Soul, Tom Tom Macute, Garganta-Cruel, Muerdesangre, Molkajete..., fueron algunas de las posiciones bautizadas. Las demás ni siquiera merecían nombre.

TRECE

Como el aburrimiento seguía en aumento constante, esa noche decidieron ir a divertirse. En la discoteca *Oh!* encontraron el suficiente ruido y la oscuridad necesaria.

La música era la misma pista tras pista, y el neón de los focos no paraba de girar. *Oh!* era la disco preferida de los gringos que deseaban una *really big party mexican night.* Y cuando vieron a la gente arracimarse para celebrar la llegada de un personaje, Antonio comprendió que los tiempos no habían cambiado desde Gable o Sinatra o Morrison. Esa vez se trataba de un MC Hammer que movía el trasero femeninamente, gozando con el corrillo de quienes a su alrededor le admiraban luego de soportar la gigantesca fila de entrada, el desprecio de los meseros, los precios altos.

—¿Aquí no hay gente de la Morena? —preguntó, aprovechando la ausencia de las gringas que habían ido al sanitario.

—No —contestó Nick.

—¿Ni siquiera alguien que nos ande siguiendo?

—*¡Don't worry, man, just dance and enjoy it!*

En ese momento Zula y Libeth regresaron. Estaban molestas; en su trayecto al sanitario un tipo les había trasteado el culo y eso las tenía enfurecidas.

Nick pidió otra botella de JB, olvidaron el incidente del tipo que había molestado a las gringas y se divirtieron con la multitud que continuaba coreando a MC Hammer que bailaba con su barbilla puesta sobre el hombro de su acompañante. El cantante sabía que tenía un público de incondicionales que aplaudirían cualquier gesto suyo, así que aprovechó para meter la mano bajo la falda de su acompañante quien lo dejó hacer.

De pronto la gente corrió hacia el pasillo de entrada y empezó a corear a alguien todavía perdido entre la multitud.

Cuando por fin pudo ver de quién se trataba, Antonio pensó que aquella sí era sorpresa. La imaginaba más vieja, pero comprendió que esas piernas eran capaces de soportar cualquier paso del tiempo. Y para demostrarlo ahí estaba, bailando calientemente, Tina Turner.

—Conserva bien el trasero, ¿eh? —apuntó Nick.

Antonio nada tuvo que decir. Aquel trasero lo consideraba simplemente memorable, de los que deseaba coger hasta que los labios de Tina despedazaran la almohada con que intentara callar sus gritos. Recordaba esas caderas que le habían provocado intensas masturbaciones en su adolescencia.

—*Silycon* —mencionó Libeth con envidia, para referirse al altivo cuerpo de Tina Turner.

Antonio prefería callar y seguir admirando a la Tina que frenética movía sus nalgas bajo las luces parpadeantes de la pista.

Zula decidió encargar otra botella justo al momento que un grito se escuchó en medio del estruendo de la música.

La acompañante de MC Hammer había sido pellizcada en el trasero.

—*That son of a bitch again* —dijo Libeth.

—*Yeah, the same guy*—corroboró Zula, mientras observaban cómo MC Hammer trataba de alejar al tipo como quien espanta una mosca que no permite comer. Sin embargo, el pellizcador de culos insistía en sus intentos de volver a tocar el trasero de la rubia, hasta que los guardaespaldas de Hammer intervinieron. De un golpe lanzaron fuera de la pista al tipo que cayó sobre una mesa.

Pronto, la discoteca se llenó de golpes, de vasos y sillas que volaron sobre las cabezas.

Cuando la pelea se generalizó y la discoteca se convirtió en un caos, decidieron salir, olvidándose de pagar la cuenta.

Una vez lejos, resguardados en el auto rumbo a Rosarito, con un *cassette* de Los Tigres del Norte como fondo musical, las gringas estaban contentas, gritaban su emoción de haber participado *in a really mexican* desmadre, y por haber estampado una botella de cerveza en la cabeza del pellizcador de culos.

Nick, emocionado, contó la forma en que aprovechando la confusión, logró patear el trasero menudo de MC Hammer, quien escondido bajo una mesa esperaba que sus guardaespaldas arreglaran la situación.

—¡Le sumí el trasero, *man*, carajo, se lo sumí de un patadón! Esto se lo platicaré a mis nietos, *yeah*.

¿Y él, Antonio Zepeda, chilango de ojos japoneses?

Sin hablar, atento a la carretera, recordaba que como buen cobarde se había dedicado a evitar los golpes y de paso buscar la manera de acercarse a la negrura de mujer que tanto le había encabritado la verga siglos atrás. Era la oportunidad de vengar espinillas y calenturas adolescentes, pensó.

Intentó hacerlo suave, con cariño. Su mano recorrió el inmenso trasero y palpó la gloria, tanto que no pudo evitar meter la mano bajo la cortísima falda. En ese momento la Turner volteó, sorprendiéndole. Y contra lo esperado, en vez de enfurecerse... Sonrió. ¡Carajo, le había sonreído! Antonio ya podía despedirse del mundo porque a juzgar por la sonrisa esa noche la pasaría *between the Tina's Tits* quien le sonreía cálida, justo cuando un vaso volador se estrelló en su carnosa boca pintada de rojo y morado.

CATORCE

Fiat Squire, Chachapa Móvil, Craftsex, Hands Up, China-town y *Rodillo Spitfire,* fueron algunos nombres de las posiciones que Antonio inventó durante las semanas siguientes a la pelea en la *discoteque.* Atrás había quedado la paranoia, la idea de morir.

Ridícula. Así le parecía la situación. Sobre todo al ver a Nick entretenido en sus clases de acuarela.

Qué fastidio era aquello cuando semanas antes se había vislumbrado cercano a Schwarzenegger o Stallone... ¡Bah! ¿Acaso un rozón de bala en el brazo y otro en la frente eran suficientes para entrar al parnaso del heroísmo? Todo seguía siendo tan desconocido como al principio. ¿Por qué de pronto el enemigo les olvidaba, les dejaba a mitad de aventura? ¡Puta madre! La cacería ya no continuaría. ¡Qué aburrición! ¡Qué cagada de tedio!

Por otra parte, la meditación trascendental, el kibú, la acuarela, no eran aficiones que le interesara cultivar. Si Nick deseaba quedarse podía hacerlo. Él prefería volver; era mejor ser devorado por una sudorosa turba en Pino Suárez o arriesgar la vida comiendo tacos de canasta en Anillo de Circunvalación...

—*Wait till Christmas,* Tonio —dijo Libeth—. *Please, honey.*

Carajo, hacía tanto que no escuchaba una frase de cariño. Abandonó el sillón pensando en la frase de una gringa de ojos verdes y tetas grandes, amante de las posiciones sexuales más bizarras que le pedía aguardar hasta Navidad.

Caminó por el cuarto y prendió la tele. Luego la abandonó, dejó al aparato hablando a solas y llegó hasta la ventana, corrió la cortina. Ningún balazo le sorprendió esa vez, solo un panorama de tráfico y asfalto.

Una semana atrás habían cruzado la línea. Estaban en Los Ángeles. Aquel olor a cartón y sal le carcomía, lastimaba sus ojos y hacía que su piel se tornara grasosa. Se sentía mal, le dolía todo. Tal vez una aspirina ayudaría, tal vez una revolcada en la que no tuviera que usar condón, ni bañarse enseguida. Tal vez…

Así que la Navidad se acercaba.

Navidad del 96. Una década más entre la línea infinita de los calendarios. En los próximos meses su hija cumpliría doce años y su ex esposa treinta y cinco. De pronto, Antonio recordó un viejo artículo donde se afirmaba que los treinta y cinco años era la edad más cachonda en las mujeres. Era la celebración y el triunfo del cuerpo sobre el tiempo, a partir de ahí comenzaba la derrota de la piel, el envejecimiento.

Esa noche, Amintia mandaría a dormir temprano a su hija y continuaría celebrando su cumpleaños a solas con Salomón Bahena, su ex compañero de ventas. Éste la llevaría a cenar y cuando volvieran a casa prepararían los últimos tragos, ella se desnudaría apenas al cruzar la recámara, se le colgaría del cuello, bajaría las manos hasta sobar su paquete, le diría que la quiere toda adentro, que le susurre cochinadas al oído, que le muerda la espalda, y en ese momento Salomón levantará su falda, acariciaría la textura de las medias, los tirantes del liguero, el encaje de la pantaleta y el brasier comprados especialmente para esa ocasión, luego ella se irá quitando lentamente las prendas ante la mirada ávida de Bahena y acaso se olviden de apagar la luz…

Imaginar aquello le dolía tanto como la simplicidad de Johnny Carson en un canal de televisión angelina.

Extrañaba a su hija.

Añoraba ver jugar al Cruz Azul.

Ni pedo, Antonio, estás envejeciendo, pensó. Eso te pasa por ser chilango de nacimiento, solitario por destino. Ahora hasta sufres rabietas y migraña como la teniente Scully de *X Files*.

Así que otro año se terminaba.

Odiaba los fines de año, desde aquel diciembre cuando se había despertado con la noticia de John Lennon asesinado, mientras su mujer reanudaba la pelea de la noche anterior.

Años después, vendría el divorcio.

Divorciado.

Bajo esta nueva condición pasaron los años, y en el 85, por encargo de la compañía acudió a un *training course insurance* en San Diego.

¿Recuerdas?

¡Hey, Antonio Zepeda!

¿Recuerdas?

...en el estadio El Béisbol de San Diego, donde los ani-
mas llevaron al equipo antes de ir a celebrar el final del curso
sobre gerencia mercantil en materia de seguros.
Al lado de Antonio se encontraba Jo, una esbelta rubia de
Ontario que no soltaba su mano ni siquiera cuando le daba por
gritar entusiasmada.
En el terreno, el Pollo de San Diego, la mascota del equipo,
jugaba a divertir al público haciendo bromas con los jugadores.

ONCE AÑOS ATRÁS

Ocurrió en el estadio de béisbol de San Diego, donde los anfitriones llevaron al grupo antes de ir a celebrar el final del curso sobre gerencia mercantil en materia de seguros.

Al lado de Antonio se encontraba Jo, una esbelta rubia de Ontario que no soltaba su mano ni siquiera cuando le daba por gritar entusiasmada.

En el terreno, el Pollo de San Diego, la mascota del equipo, jugaba a divertir al público haciendo bromas con los jugadores. En la pizarra los números cambiaban conforme transcurría el encuentro.

Sucedió once años atrás en el tiempo y Antonio aún recuerda cómo el viaje significaba alejarse de Amintia, su esposa. Tenía la certeza de que a su regreso no la encontraría. Las semanas anteriores, habían discutido y peleado en forma abierta. Los últimos hilos se habían trozado. Ninguno deseaba continuar, preferían mandar al carajo todo. La niña se iría con ella, acordarían la pensión…

Sin embargo, aún con todo el rencor acumulado, Antonio mantenía el deseo de encontrar a su regreso las cosas de Amintia en casa; y a Rosario, la hija de ambos, durmiendo con su camisón de osos azules en fondo blanco.

La mano de Jo hace once años le parecía tan delgada. Sus venas azules y el perfume le daban un aire atractivo. Había estudiado en Yale, conocía Europa, hablaba francés, le gustaban los mariscos y sobarse las tetas disimuladamente.

Once años atrás, el trasero de Jo hubiera sido suyo de no haber sido por el sonido local del estadio que se encendió aprovechando una pausa del partido. La multitud se mantuvo indiferente hasta no saber que se trataba de una declaración oficial.

Un curso de capacitación sobre lo último en seguros de vida. San Diego y un partido de béisbol.

Una rubia de nombre Jo y un revolcón casi seguro. Un inminente divorcio y una hija durmiendo en pijama decorada con osos azules.

Tal era la circunstancia de Antonio once años antes, cuando una multitud capaz de llenar un estadio para ver un partido de béisbol también fue capaz de vitorear el anuncio de que Reagan había ordenado el bombardeo sobre Trípoli, minutos antes.

Antonio no recuerda si aquella noche de hace once años se despidió del grupo o si simplemente se puso de pie y salió del estadio. De pronto caminaba por el estacionamiento, cruzando interminables filas de autos, auscultando el coraje, hilvanando el pasado, recordando a sus amigos del CCH Oriente, de los que se despidió al inicio del segundo semestre por la necesidad de estudiar una carrera corta.

¿Qué sería de aquellos nostálgicos confesos de quince años? Esperanzados en la riqueza petrolera. Adolescentes que habían oído hablar de marihuanos que alborotaban el país para hacerlo comunista; que les había tocado estrenar Metro limpiecito y grandote.

Neza era Neza y el Defe estaba allá, en el mundo civilizado, donde había pavimento y camiones que recogían la basura cada semana. ¡Asombroso!

Neza era un océano de lodo y carestía. Un lugar perdido, poblado de guerrerenses matones, michoacanos paleteros, tapatíos expertos en carnitas de cerdo, poblanos vendedores de fruta a la salida de la escuela, zapateros remendones emigrados de Guanajuato, veracruzanos que vendían verdura en los tianguis, tabasqueños que se empedaban en los bailes, oaxaqueños que golpeaban a sus mujeres…

En Neza se jugaban sudorosas cáscaras que terminaban en broncas, se fornicaba con torpeza en alguna cueva del cerro Chimalhuacán, se corría de pavor ante una patrulla del Barapem, se iba de excursión a los arenales del cerro Volvo, se practicaba el arte del mareo con pulque curado con Lulú de piña allá en Los Reyes.

Infierno, polvo, lodo, tiempo, lluvia.

Soledad de los quince años.

Soledad.

Caramelo y besos revueltos con soledad.

A Cuca, al Pelón, a Meche, al Piojo, a Jácome, a Miguel, a todos quiso enviar postales esa noche de hace once años. Postales blancas que al reverso no tuvieran nada escrito, sin nada, sin mensaje, ellos comprenderían.

Desistió. No pudo hacerlo. Qué diferencia de cuando podía escribir cuanto se le ocurriera. Entonces cargaba siempre una libreta Scribe tamaño profesional. En ella anotaba pensamientos, notas, recuerdos, pequeños poemas que le ganaban besuqueos con las chicas del taller de lavado de alfombras donde trabajaba.

De los poemas pasó a las hojas completas llenas de palabras, cuentos, anécdotas que nunca lograba terminar por la prisa de buscar otro empleo.

Era el tiempo en que recién terminaba la carrera corta. Contador privado. Era el inicio del busca busca busca en empresas y agencias y fábricas y bufetes y despachos, hasta que una compañía aceptó pagarle un sueldo. Su misión: recorrer la zona designada ofreciendo seguros de vida.

Él también necesitaba un seguro, pensaba. Uno que le inmunizara contra el deseo y los suspiros por cuanto buen culo pasaba inalcanzable a su lado, mientras descansaba en algún parque luego de la jornada.

Un seguro que le permitiera abordar esas señoras de cadera amplia y perfumada.

Uno que le quitara la pena y pudiera declarar su calentura a la vecina del piso de al lado.

Un seguro que le protegiera del miedo, de la masturbación excesiva.

Un seguro contra los brincos del corazón, los descalabros amorosos.

Un seguro que le dejara acercarse a Amintia, la secretaria del jefe, la misma chava que buscando unos papeles en la oficina encontró la libreta Scribe y le llamó la atención el forro; la foto del Cruz Azul celebrando el sexto campeonato y al reverso otra de Susi Quatro enfundada en piel.

Esa tarde, Antonio llegó a su escritorio a trabajar las notas y facturas del día, sin notar la ausencia de la libreta. Había sido una mañana plena de cobros y entrevistas que le habían dejado agonizante.

En días así, lo que más le molestaba era el sudor de los pies, a tal grado que buscaba un lugar donde cambiarse los calcetines pegajosos, por otros limpios y secos que siempre cargaba de repuesto en el portafolio.

Aquella vez, Antonio descansaba con los pies desnudos sobre el escritorio, amparado por la soledad de la pequeña oficina que compartía con los demás vendedores. Dejaría sus pies un momento libres de la tortura de la tela, luego se pondría el par de calcetines limpios con los cuales estaría cómodo para internarse en el Cine Paseo por el resto de la noche.

Antonio recuerda que esa vez estaba entretenido moviendo uno a uno los dedos de sus pies, que no miró cuando apareció la silueta de Amintia frente a él. Sintió pena. De inmediato bajó los pies del escritorio y pidió disculpas, luego se molestó al mirar que Amintia en sus manos sostenía la libreta Scribe. ¿Qué derecho tenía a hurgar en su escritorio?

—¿Es tuya? —preguntó.

Antonio quiso contestar de forma grosera pero no se decidió porque la sonrisa de Amintia auguraba que tal vez las próximas idas al Cine Paseo ya no serían en solitario.

Pronto llegó el Día del Amor y la Amistad con el consabido intercambio secreto de regalos. Amintia le confesó después que había hecho trampa durante el sorteo para que sus nombres coincidieran y ambos tuvieran que regalarse entre sí.

Las dos semanas previas al convivio donde se entregarían los regalos, Antonio las pasó desesperado. ¿Qué regalar a una chica que conocía sus pies sudorosos y malolientes sobre el escritorio de una oficina?

Para no fallar se decidió por un disco. Su fuerte era el rock, pero tal ritmo no parecía adecuado para una joven que siempre tenía flores en su escritorio. Antonio tuvo que decidirse por algo suave. *The Carpenters* fueron los elegidos para una Amintia que por su parte le regaló un juego de plumas Parker y una libreta de pasta dura y papel arroz, que en la primera hoja tenía la dedicatoria «Para mi poeta preferido porque en estas páginas escriba sus más tiernas composiciones.»

Antonio quizá había acertado con *The Carpenters*, o quizá Amintia le había apachurrado el alma con la dedicatoria, el caso es que decidieron casarse. Al fin y al cabo el sueldo de ambos bastaba para hacer planes.

—Cuando vivamos juntos nuestra casa estará llena de flores.

Años después, Antonio siempre se culpó de no haber reparado en esta frase. Por algo en el escritorio de ella nunca faltaban rosas o claveles o margaritas, hasta dos o tres floreros en ocasiones. Ahí estaba la prueba de que Amintia era capaz de cumplir tal deseo, así como discutir hasta el fastidio lo afortunada que era por haber nacido bajo el signo de Cáncer con ascendencia en Luna, mientras él era un simple Leo con bastante de Sagitario, y esto le hacía temer incompatibilidad de caracteres.

Por fin, un 4 de septiembre se casaron y tuvieron que guardar hasta el puente patrio para el viaje de bodas a Campeche. Al regreso, Antonio pudo comprobar lo que ya sospechaba. Amintia no solo escuchaba completos los horóscopos antes de salir al trabajo, sino que se dedicó a cumplir su amenaza. De esta forma, Antonio sufrió el encuentro con dalias y crisantemos en el corredor del departamento; begonias en la sala; bugambilias bajo la escalera; una palmera enana tras la puerta de la recámara y hasta una jacaranda en la cocina. Por si fuera poco, en el comedor tuvieron lugar todas las flores extrañas y conocidas que domingo a domingo, una señora le llevaba a su esposa.

—La semana que viene me trae unos jacintos y una matita de clavel que voy a poner en el dintel de la recámara —escuchó que decía Amintia a la señora, luego de pagarle el entrego de ese día.

—Ni madres, a la recámara no va una sola planta más. ¡Es malísimo para la salud! —gritó Antonio.

Inútil. Aparte de claveles, a la recámara entraron hortensias y ramo de novia. En el baño aparecieron girasoles y matas de orégano.

—Huele horrible. ¿Por qué no lo tiras? —preguntó Antonio y así fue cómo una mata de orégano dio paso al primer disgusto serio. Resultaba cómico, pero aún era pasable. Lo increíble y verdaderamente difícil de soportar fue que Amintia se negara a dormir con él, alegando que Marte estaba en casa fuerte y la Luna en menguante casi entrando a Orion.

—¿Qué diablos tiene que ver eso?

Amintia se encerró en la recámara. «No pensaba contrariar a su estrella», dijo y al día siguiente llegó al exceso de ignorarle en la oficina.

Antonio creyó que todo su mal estaba en ser Leo, por eso cuando lo ascendieron como gerente de departamento, retirándose de recorrer las calles vendiendo seguros, recibiendo mejor sueldo, y hasta un auto que la compañía se encargaba de alimentar, pensó que todo iría mejor.

Falso. Nada mejoró y Amintia encontró en el auto un magnífico pretexto para gritar, porque éste invariablemente olía a perfume de mujer. Antonio no encontraba cómo explicar que el auto debía compartirlo con Salomón Bahena, su compañero de oficina, quien a veces...

Amintia no escuchaba, entretenida como estaba haciendo trazos en un mapa astrológico extendido sobre la mesa del comedor. Esa vez se puso furiosa al descubrir que la Osa Mayor había entrado en picada y resultaba fatal para todo intento de armonía o reconciliación, incluso la misma Osa presagiaba mala suerte en los viajes y le advertía cuidarse de un Leo que quería dañarle.

—¿Lo ves? ¡Y tú diciendo que me quieres!

Con tan poco roce entre sus cuerpos, Antonio realmente pensó que era un milagro el que Amintia le dijera meses después que estaba embarazada.

—Será niña. Nacerá en los primeros días de junio. Será una hermosa geminiana de temperamento fuerte y decidido. Yo la educaré.

—Espero que no le gusten las flores —comentó Antonio y la frase le valió otras tres semanas sin poder entrar a la recámara.

Cinco meses después nació la niña. Sietemesina. La culpa —según Amintia— era de Antonio.

—Es Aries. Son muy parecidos a los Leo. Igual que tú será una terca, una irresponsable, una maniaca, una...

Ojalá, pensaba Antonio, aunque era pronto para saberlo.

La criatura nació con problemas de peso y enfermiza. A la edad de tres años toda su actividad se limitaba a contemplar por las ventanas del departamento hacia la calle, y a dibujar con crayones en las paredes, ganándose regaños de su madre. A veces trozaba hojas o tallos de las plantas y los regaños volvían. Hasta la tarde en que Antonio no pudo soportar más y tomando a Amintia por el brazo la obligó a entrar a la recámara, cerró la puerta y pasado un momento, la niña vio a su madre salir de casa cubriéndose el rostro y tardar cinco días fuera de casa.

En la oficina ya todos sabían lo mal que su matrimonio andaba y de cómo Amintia lo ignoraba por completo.

Aquellos días, Antonio se apresuraba en las mañanas para dejar a la niña en la guardería. A las dos de la tarde —mientras conducía el auto y comía una torta— regresaba por ella para dejarla esta vez en casa de Meche, una antigua novia de secundaria, que le hacía favor de cuidarla por las tardes.

No te preocupes o No es molestia o No me dará lata o Déjala aquí o Yo la cuido o Lo haré con gusto o Vete sin cuidado, decía Meche y Antonio volvía a la oficina a terminar la jornada.

Por la noche, la misma joven le ayudaba a subir la niña al auto, completamente dormida, luego se despedía de Antonio con un beso que le obligaba a recordar viejos salones del colegio.

Al sexto día, Amintia volvió. Se dedicó a guardar su ropa sin ninguna palabra, hasta momentos antes de salir del departamento en que se volvió para decir:

—Ah, se me olvidaba darte esto.

Era un sobre.

Cuando se hubo marchado, Antonio lo abrió y supo la hora en que pedía su presencia en la oficina de un abogado para iniciar los trámites de divorcio.

¿Valía la pena insistir?

Antonio pidió su cambio a una sucursal que recién comenzaba labores. Se le asignó un grupo y una orden: hacer un muestreo ocupacional de las casas habitación de aquella zona en quince días. De lograrlo sería considerado entre los aspirantes de la compañía para asistir a un curso sobre lo último en gerencia mercantil de seguros, en San Diego.

Ganar el concurso de selección no fue difícil, lo duro fue separarse de su hija y soportar ver a Amintia del brazo de Salomón Bahena, su antiguo compañero de ventas, quien como buen nacido en Cáncer, llenaba todos los requisitos astrales pedidos por su, ya para entonces, ex esposa.

Bien o mal, Antonio había podido sobrevivir entre el enojo y la crisis, con la realidad cercana de los treinta y el ansia de sus veinte que atrás iban quedando.

Nada era tan difícil como para no lograr acostumbrarse. Los movimientos se cambian, el cuerpo se sabe solo y pronto se adapta a una cama amplia y en gran parte fría. Se reduce la mitad de consumo de cereal, el gas dura el doble. No hay quien discuta por el programa de televisión y nunca se encuentran medias puestas a secar colgando de la regadera.

No todo era sencillo. Lo difícil estaba en soportar una multitud vitoreando un bombardeo.

Desde entonces habían pasado once años.

Ahora su hija acudía al primero de secundaria y él podía visitarla cada mes, intentando nuevas formas de comunicarse con esa niña que había crecido llena de tics y manías de ariana perfecta, de solitaria empedernida como él, que se negaba a la petición de Libeth de permanecer en Los Ángeles hasta la fiesta de año nuevo.

—No —fue la respuesta de Antonio.

—*Hey, but you are crying. What's the problem, dud?*

Puta mierda, pensó Antonio. Estoy llorando otra vez.

Cierto. También en San Diego había llorado mientras caminaba entre las incontables filas de autos en el estacionamiento del estadio, uniendo el cuerpo de Jo y los recuerdos de Amintia. Ahora de nuevo.

CASI JOVEN
Y CASI OLVIDADA
Y CASI CONOCIDA

Esta historia arranca por los años de Echeverría en el poder y su posterior acoso a las organizaciones guerrilleras hasta casi su extinción.

Los años de reflujo, la medianía de la década y el clima social permiten al gobierno formar un cuerpo especializado en golpear bajo y a fondo. Se le denomina Brigada Blanca. Tal corporación es marco para la amistad de un par de hombres suficientemente aptos para alternar su actividad policiaca con el asalto a bancos en la periferia capitalina.

Les llaman los Norteños, por el acento con que hablan, pero con más frecuencia son apodados como los Carnales.

El Carnal Mayor es nacido en Caborca, Sonora.

El Carnal Chico en León, Guanajuato.

Ambos conocen la república a base de viajar en campañas y mítines políticos, sirviendo como guardaespaldas.

El Sexenio de la Abundancia los encuentra con una larga lista de asaltos bancarios que van rindiendo tributo, hasta poder inaugurar una cadena de lujosos cabarés en la estratégica franja de Sinaloa y Sonora.

En Guaymas, el Guateque cobra fama por una puta española venida a menos y que por mil quinientos de aquel entonces da grande, chico y mameluco.

El cabaré de Culiacán se llama El Zorro Gris.

El de Escuinapa recibe el candoroso nombre de Farolito.

Dos asaltos más y en Obregón instalan El Ratón Vaquero, en Hermosillo La Cantina Catrina.

Complacidos con sus logros, los Carnales dejan el vértigo del asalto y se dedican a disfrutar sus negocios. En la trastienda de tales lugares pactan con pequeñas mafias locales, lo que permite trabajar sin problema a la vez que logran cierto poder en la zona.

Todo marcha en sociedad, hasta una mañana de agosto cuando en un basurero de Ciudad Obregón amanece el cuerpo del Carnal

Mayor, abotagado por el sol y con la espalda destrozada por los singulares orificios que deja un Cuerno de Chivo.

Aquello rompe la ley de que el pez grande devora al pequeño.

Con el camino despejado, el Carnal Chico pasa a llamarse simplemente Isidro, como los de confianza se atreven a decirle, acompañando el saludo con una palmada en el hombro.

Noviembre del mismo año: en un reservado del Farolito, una puta es golpeada salvajemente por el diputado Canchola, quien solo de esa forma consigue que se le pare la verga.

Resignada a no poder trabajar durante días a consecuencia de la brutal golpiza, la joven se dedica a tomar para olvidar tan triste desventura y ya en puntos pedos le da por platicar, a quien quiera oír, de cómo ella escuchó a Isidro planear la muerte del Carnal Mayor. Al amanecer, la cara de la mujer es una masa sanguinolenta, producida por las llantas de un auto que pocos pudieron ver en la oscuridad de las calles sinaloenses.

Por otro lado, y al contrario de lo que se espera, Isidro no tiende rieles hacia el Norte.

«Demasiado ocupado y vigilado», alega. En cambio, aprovecha su residencia en León y negocia un par de cantinas en Manuel Doblado y al mes siguiente inaugura el Spot en el costado oriente de Guadalajara, donde se puede admirar lo más selecto de la música ranchera desfilar por su escenario.

Isidro no acostumbra mano derecha ni confidentes. «Para montar un caballo basta un jinete», es su lema preferido y dedica los fines de semana a broncear el cuerpo en un balneario cerca de Lagos de Moreno.

Un mes de febrero, para celebrar el Día de la Amistad, llega al Spot, como bailarina y desnudista principal, una joven de cabello oscuro y labios carnosos. Su nombre: Lucía.

Lucía requiere de un fin de semana para conquistar al bronceado Isidro, y de solo un mes para ser dueña de una residencia en León y un departamento en Guadalajara.

Hay quienes aseguran que esta morena es la causante de que Vicente Fernández y Rosa Gloria Chagoyán jamás pudieran presentarse en el Spot, por simple ojeriza.

Ella misma deja de ser bailarina y se dedica a gozar encerronas en su nueva casa de Tepatitlán, donde Isidro amanece diariamente borracho y con los pantalones orinados.

Era la mayor de tres hermanas.

La mayor había huido con un trailero que viajaba cada semana de Monterrey a Yucatán.

La segunda estudia en un colegio de monjas en Guadalajara.

Es todo.

Por el verano del 80, Lucía presenta a su hermana con Isidro y tienen su primer disgusto cuando Isidro queda encantado con esa adolescente de cabello castaño y blazer oscuro, a la cual de inmediato desea coger. Caprichos de zorro y de viejo.

Lo comenta con Lucía y ésta parece enojarse por el qué dirán, pero cambia de actitud y lo único que pregunta es de cuánto será el cheque a cambio del favor.

Con un asunto así no vamos a andar con mamadas, dice Isidro y le entrega una chequera en blanco que Lucía se encarga de gastar paseando por Brownsville y Laredo, mientras su hermana queda hospedada con engaños en la casa de Tepatitlán para sufrir un desvirgamiento del cual no ofrece ninguna lágrima. Su coraje simplemente se va a un pozo profundo donde cae y se queda ahí, agazapado.

—¿Cómo dijiste que te llamas? —le pregunta Isidro, mientras se pone los pantalones, una vez terminada la faena.

—Rosa.

Isidro escupe sobre la alfombra como es su costumbre y comienza a ponerse la camisa.

—Te portaste bien —dice.

Rosa sabe que no habrá de volver al internado y prefiere aprovechar lo que se le ofrece: compartir a Isidro con su hermana, además de poder comprar lo que desee, con una chequera en blanco que Isidro le entrega en ese momento.

Isidro nunca ha estado tan feliz. Un viaje a Las Vegas sin guardaespaldas y acompañado de las dos hermanas lo considera una bendición en la que decide gastar todo el saldo de la cuenta de cheques.

Es por esto que al llegar la devaluación del año 82 se encuentra desprevenido y no lo consuela ni la promesa del presidente Portillo quien jura defender el peso como un perro.

¡Pinche perro balín!, exclama Isidro que, abrumado, decide cerrar los cabarés de Obregón y Hermosillo. Al poco tiempo, el de Escuinapa corre la misma suerte.

Los años comienzan a pesar. Isidro no siente ánimos de emprender nuevas acciones y esta fisura es aprovechada por Lucía quien le pide carta abierta en el asunto.

Con paciencia, mordida y billete, Lucía logra en poco tiempo recuperar sus antiguos negocios, además de inaugurar el Arco Iris en Nogales y el Perro Loco en Guasave, aumentando la trata de blancas, amparada por las autoridades puestas en su nómina. Mismas que aumentan su tarifa cuando tres judiciales son encontrados muertos a tiros en un camerino del Arco Iris.

Para salir del embrollo se necesita de alguien que negocie fuerte y efectivo. En tal menester, Lucía conoce a Chuy.

Perro viejo, ex halcón, reventado de la DIPD.

Guardaespaldas del ambiente artístico.

Experiencia en el regenteo de mujeres, varias de las cuales coloca en El Farolito, El Zorro Gris y demás negocios de Lucía.

Es todo.

Terminado el problema de los judiciales muertos, Chuy propone a Lucía entrar de lleno al negocio blanco. Nada se pierde, todo se gana. ¿Por qué preocuparse de las autoridades? Con dinero bajo el agua seguirán de su lado. Lucía se opone y Chuy insiste buscando convencerla. ¿Acaso es ciega y no advierte que El Arco Iris y La Cantina Catrina ya son corredores de droga disfrazados? Alguien los utiliza sin pedir permiso y mucho menos dar su dividendo.

—No me gustan las bocas de aire, Chuy.

—Ponme a prueba, Lucía. Te juro que me reviento la madre hasta limpiarlos y ponerlos en carril.

Lucía acepta y Chuy sonríe. Sabe su juego.

Rápidamente —aquel hombre cuyo máximo logro fue mantener sano y salvo a Rigo Tovar durante una gira del baladista por el sureste de la república y que gracias a ese pago compró una plaza en la aduana de Matamoros— organiza un grupo para actuar, al mismo tiempo que realiza una labor de trasmano, en donde Isidro y las dos hermanas van siendo lentamente relegados.

Y es que Chuy no trabaja solo. Desde los viejos tiempos se acompaña de expertos en golpear o romper huelgas o cobrar deudas pendientes o desaparecer un cuerpo sin dejar rastro. Un equipo formado por matones de callejón y hasta eficientes choferes de políticos, si el caso lo amerita.

Cuando Isidro reclama, Lucía se defiende argumentando lo pequeño de la inversión y lo grande de los dividendos. Luego comenta algo sobre «horizontes nuevos» que Isidro no entiende del todo, entretenido como está en aplicarse la crema bronceadora. Y aunque no queda conforme, se da cuenta del nulo poder que ya tiene sobre Lucía y se queda en la orilla de su alberca favorita bebiendo brandy.

Pronto, el abasto de mujeres para cabarés y las nuevas casa de citas es insuficiente. Aparte, Lucía y Chuy se mantienen ocupados supervisando la llegada de mercancía en ferrocarril por los vacíos andenes de La Piedad, Michoacán.

A la semana siguiente, a la altura del poblado Jesús María, en Jalisco, esperan el aterrizaje de la primera avioneta, con carga exclusivamente para ellos desde Bolivia.

Y al cabo de pocos meses, Chuy logra formar todo un equipo encargado de proteger y vigilar el destino de la droga que es encaminada y distribuida por las deshabitadas carreteras de Jalisco y Guanajuato.

En poco tiempo, el Spot se considera como un lugar seguro donde surtir alimento a la fauna nocturna: fama compartida con La Cantina Catrina, El Zorro… Y El Farolito.

¿Tal negocio podría repetirse en Culiacán? Difícil. Aquella zona la comandan los Quintero y los Gallardo. Si se quiere negociar se debe ofrecer y apenas cuentan con un cabaré pequeño y frágil.

No es Queens o la calle 20 de Miami como para andar por la calle distribuyendo coca, pero queda tiempo y el negocio se comporta generoso. Mientras, van atesorando títulos de curtidoras y zapaterías en León, de tiendas de ropa en Teziutlán, de una cadena de supermercados en Durango, dulcerías en Puebla, locales de videojuegos en Ciudad Juárez, y hasta de una central abarrotera en Arandas, Jalisco.

Para entonces, ni quién se acuerde de Isidro que se ha convertido en un hombre de mirada tranquila que diariamente toma el sol en su mansión preferida de Lagos de Moreno. Su perfecto bronceado es la razón de que su cadáver no se muestre tan pálido como la mayoría de los muertos acostumbran simular.

Con la última palada de tierra sobre su tumba, en esta historia medianamente conocida, solo quedan tres personajes: Lucía, Rosa y Chuy.

Días después, en el Spot, Cornelio Reyna, luego de actuar se toma una copa y en una mesa cercana oye algo que olvida al calor de la noche tapatía. Es sobre un alacrán que un par de mujeres se han metido en el seno y les va a picar.

SEGUNDA PARTE

ACÁ ABAJO

Descubrió que a diferencia de la violencia reproducida en cámara lenta, la realidad es veloz, instantánea e incoherente.

JOSEPH WAMBAUGH

UNO

La ciudad estaba desvanecida, como si fuera un simple dibujo de arena esperando un feroz golpe de viento que se llevara todo al carajo.

Adormilado, abajo de su ritmo habitual, Antonio Zepeda se encontraba en su oficina, de pie ante la ventana que ofrecía una vista neblinosa de la Alameda Central con el Hemiciclo a Juárez y su paz de granito.

El trabajo había vuelto a resumirse en atender quejas de clientes, pregonar la bondad de un seguro de vida, alternado con el cepillar de sus dientes luego de cada galleta rellena de crema que a escondidas tomaba del gavetero del rincón, justo donde estaba la mesita y la humeante cafetera que Matilde, su secretaria, siempre mantenía llena de agua hirviendo para preparar café instantáneo a las eventuales visitas.

Antonio fue por otra galleta al gavetero y aprovechó para mentarle la madre a la cafetera al tiempo que se alejaba. No podía evitar sentir un miedo ante la electricidad en cualquiera de sus formas. Respetaba ese artefacto diabólico, su resistencia incandescente viviendo ambarina bajo el agua que burbujeaba incansable. Le sabía capaz de un calentamiento excesivo, un cortocircuito, una flama que iniciaba y de pronto era tarde para llamar a los bomberos, tendría que saltar por esa ventana rompiendo el cristal y llevando en su viaje incontables astillas de vidrio que rasgarían su piel cubriéndolo de sangre hasta caer sentado en brazos de don Benito Juárez que, abajo, en su rotonda de la Alameda le observaba circunspecto, como diciéndole: «Hey, ese, tranquilo. Las pinches cafeteras no explotan.»

Con tan buen consejo, Antonio se dedicó a pasear por los rincones que le dejaba libre su escritorio lleno de gráficas, pólizas, y la página deportiva del periódico donde estudiaba la posibilidad de que el Puebla ganara de visitante para así anotarlo en la quiniela que compraba semanalmente con la esperanza de acertar siquiera once puntos y ganar el tercer premio.

Cuando terminó de llenar la quiniela, revisó los sobres de correspondencia que cada mañana llegaban con sus temas invariables: oficina, agentes de ventas, papelería, comisiones, saldos, pedidos, cancelaciones… Nada nuevo, ninguna nota personal, ningún pariente que le extrañara, ninguna novia queriendo revivir faenas de manoseo fortuito. Por eso la pequeña carta llena de colores donde su hija lo invitaba a su fiesta de cumpleaños le sorprendió.

¿De quién había sido la idea de invitarle? De ella, claro estaba, pero podía sentir la presencia vigilante de Amintia tras las palabras escritas por su hija Rosario y el disgusto de su ex amigo Salomón al saber que estaría presente en la fiesta. Vale madre, pensó. Aquella carta había que celebrarla, mandando a la chingada la oficina y tomar el elevador hasta el sótano para despedirse de don Jimeno, el encargado del estacionamiento, como una forma de conservar la rutina, aun cuando su auto había quedado destrozado tres mil kilómetros hacia el Norte, en una bocacalle habitada por perros flacos y malolientes.

La carta de su hija invitándole a su cumpleaños número trece le llenaba el tanque de combustible anímico. La fiesta sería el domingo, aprovecharía la tarde de ese viernes para buscar un regalo.

Cuando llegó al Sanborns de Madero y la empleada intentó por todos los medios convencerle de que un oso de peluche era lo más indicado para una niña que se iniciaba en la adolescencia, decidió ignorarla. Prefirió comprar un rompecabezas tridimensional que estaba seguro gustaría a su hija, la misma que a todas partes llevaba en una foto de cartera, donde la pequeña aparecía con su cabello recogido tras la nuca, vestida de azul y blanco, sosteniendo un banderín con el escudo del Cruz Azul.

Viejos tiempos, viejas tardes acudiendo al estadio Azteca a ver jugar al equipo, al ex equipo.

Viejos cumpleaños pasados en familia.

DOS

El edificio donde vivía era un búnker de la desesperanza, así lo pensaba Antonio. El lugar daba asilo a seis familias, tan desamparadas y solitarias como él. Todas con angustiosos recuerdos de primos que vivían en Querétaro o Chetumal o Barcelona. Familias desconectadas, inmersas, calladas como cualquier otra de los millones que se hacinaban en esa ciudad de extranjeros, de provincianos y capitalinos venidos a menos. Todos renuentes a emigrar, pendientes de cualquier agresión, de los desastres familiares, de una inundación de mierda proveniente de Las Lomas que luego de saturar Polanco invadiera la Pensil, la Obrera, Reforma, La Villa, y fuera necesario un trineo para fluir sobre ese tobogán de excrementos machacados por los autos que intentaran aún transitar por la calle, arrojando a su paso oleadas de espesos orines que bañaran a los peatones.

Era un edificio incómodo, mal iluminado. Su vieja escalera de madera tenía escalones apolillados y rechinantes, sus gruesas paredes lo convertían en la congeladora más grande de la colonia Roma, provocando que sus habitantes tuvieran siempre la nariz congestionada, deambulando entre escaleras angostas y empinadas, que de fallar la iluminación se corría el riesgo de conocer los escalones con la espalda o la cabeza, dependiendo la forma de caída.

Llegar al cuarto piso implicaba un esfuerzo que Antonio intentaba disimular, sobre todo si coincidía con la llegada de su vecina del departamento contiguo: una hermosa veinteañera de ojos grandes y azules, tan divorciada como él y tenazmente decidida a terminar una carrera universitaria.

Esa noche de viernes, Antonio entró a su refugio. Iba dispuesto a tomar una chamarra y salir de nueva cuenta a perderse en el anonimato del cine Latino.

Fue directo a la recámara. En el buró dejó el envoltorio conteniendo el rompecabezas comprado para su hija. La cama estaba deshecha como siempre, esperando que llegara y se acostara sin ningún remordimiento por el desorden de ese buró que contenía todo lo que un maniaco puede necesitar por la noche.

Se desnudó. Entró a tomar una ducha.

Cuando terminó, salió del cuarto y caminó chorreando agua por todas partes, brincó a la cama y así reafirmó la vieja manía que conservaba desde su infancia: vestirse de pie sobre la cama. Solo que esa ocasión las cobijas no se hundieron tan fácil con el peso de su cuerpo. La dureza lo obligó a poner los pies en otro sitio e imaginar que tal vez se tratara de un zapato o el plato olvidado de algún almuerzo nocturno, pero el líquido negro y de brillo laminoso que corría hasta el piso por el lado contrario de la cama, significaba que alguien se había desangrado.

Hay quienes dicen que los muertos miran hacia la sombra. Aquellos ojos miraban a la luz que por la ventana se filtraba desde la calle.

Un solo tajo había sido suficiente. La navaja había cortado yugular y tendones, dejando cavidades oscuras, porciones grises y blancas revueltas en coágulos de sangre. La rigidez del cuerpo permitía suponer que había sucedido desde temprano.

Solo un detalle y una pregunta.

El detalle; la ausencia de cualquier destrozo en el departamento. Todo se mantenía intacto, en su habitual desorden.

La pregunta: ¿qué diablos hacía Nick, en México, sobre su cama, con la garganta partida en dos?

TRES

La Nochebuena era un buen lugar donde se podía beber sin ser molestado. Antonio lo sabía. Ahí podía volverse loco y solo se le pediría pagar el consumo.

Un lugar así merecía la pena visitarse cuantas veces fuera necesario y él lo había hecho años atrás, cuando salía de la oficina y discutía con su grupo de ventas la estrategia a seguir. Luego vino el matrimonio que lo hizo separarse de tales jornadas que siempre terminaban en desvelo, hasta su divorcio con Amintia.

Cuando se vio necesitado de caminar solo, la Nochebuena le volvió a recibir sin ningún comentario, sin pedir explicación por tanta ausencia y pena. Fue el mismo trato que alguna vez firmó a base de cervezas con un extraño joven que decía ser escritor y también coqueteaba con los treinta. Al igual que él, intentaba estrategias para sobrevivir los años que faltaban. Era tiempo de buscarlo.

Esa noche, luego de salir espantado y tembloroso del edificio, tomó un taxi y buscó refugio en la cantina. Sabía que ahí podría encontrar una cerveza helada y a Marco Tulio, el escritor aficionado a la poesía, el mismo que minutos después miró entrar saludando al cantinero, balanceando su cuerpo regordete y pesado entre las mesas, hasta saludarle con un manazo en el hombro, haciéndole pensar en la fuerza que se había necesitado para el tajo en la garganta de Nick que seguía fija en sus retinas.

—Recibí tu recado y me vine en chinga. ¿Cómo estás, Toñín?

Algunas cervezas después, el escritor le observaba con sus ojos que hablaban de desvelos frente a la computadora.

—No mames —fue su comentario. No había creído una sola palabra acerca del cadáver por lo que Antonio tuvo que entrar en antecedentes de su viaje a la frontera, y al terminar, casi convencido, el poeta pidió seis cervezas que aseguró, eran la cantidad necesaria para cubrir el trayecto al edificio, a dar fe del acontecimiento.

El auto de Tulio estaba frente a la cantina. Lo abordaron y destaparon cervezas.

—Si es cierto lo que me cuentas, necesitas cubrirte —dijo el poeta, mientras terminaba de recorrer la avenida Chapultepec y atravesaban la glorieta del Metro Insurgentes para tomar Oaxaca, metidos en un Volkswagen.

—Es decir, si tu amigo anda en asuntos de drogas pueden ensuciarte, al parecer es lo que les interesa y obviamente te han seguido.

—No —respondió Antonio, queriendo explicar, darle un cauce menos peligroso a lo que Tulio sugería—. Lo siguieron a él y lo agarraron descuidado.

—Ni madres, esos tipos no pierden pista alguna —contradijo el poeta que, mientras la fama y la fortuna tocaban a su puerta, trabajaba como periodista en *El Universal*. El auto rodeó la glorieta de La Cibeles.

—Fueron capaces de buscarte y ahora te van a colgar un sambenito, te lo apuesto.

Tulio bajó la velocidad. Dejó la calle de Oaxaca para tomar Yucatán. El edificio donde vivía Antonio estaba en la siguiente cuadra: Sonora.

—¿Traes con qué defenderte?

—No.

—Pues yo sí traigo —dijo el poeta, sacando de entre su chamarra una .38 Special—. La ando cargando desde hace días pa' meterle un tiro al buey que se coge a mi vieja —explicó, terminando su cerveza y apagando el auto.

Habían llegado.

Momentos después, un pasillo angosto y oscuro los dejaba frente a la puerta del departamento. Entraron en silencio. ¿Acaso no había cerrado la puerta?

La respuesta llegó al observar la cama sin ningún cuerpo decorando las sábanas. Comprendió que de nuevo lo habían visitado.

—Teoría uno; no estaba muerto —dijo Tulio, observando la sangre coagulada sobre la alfombra de la recámara—. Teoría dos; bajó por unos cigarros.

Cuando regresaron a La Nochebuena pidieron cerveza nuevamente.

—Así son los muertos —dijo Tulio—. Como las mujeres, dicen que van a estar y luego no te esperan.

Cerca de la madrugada se quedaron dormidos sobre la barra de la cantina, totalmente a oscuras.

CUATRO

La mañana siguiente, desvelado, sin bañarse y con la ropa aje-treada, al llegar a la compañía, Antonio sintió que el gran dilu-vio de mierda estaba próximo. Sintió conmiseración por todos los ahí reunidos. Por el chavo de la fotocopiadora; por la ancia-na que aseaba los pisos y los sanitarios; por don Jimeno, el en-cargado del estacionamiento; por Julieta, una de las secretarias, la única rubia natural que había conocido en su vida aparte de Jo; por Matilde, su secretaria, una michoacana trece años mayor que él, amante de las galletas de chocolate, de tener la cafetera encendida eternamente, de mirarle angustiada y preguntarle en-frente de todos los empleados si había pasado mala noche.

Antonio no contestó. Llegó hasta su oficina y apenas cerró la puerta se sobresaltó al escuchar a Matilde entrar con la co-rrespondencia.

—¿No se siente bien, verdad? Sabe, conozco un remedio muy bueno, si quiere le hago un cafecito y con unas hojitas de ruda que tengo en mi escritorio...

Antonio siguió sin decir palabra. Decidió utilizar su mirada especial contra preguntas pendejas y la secretaria comprendió.

—No quiere nada, ¿verdad?

Matilde salió y poco después Antonio la escuchó teclear su vieja Olivetti.

Estaba cansado, con el estómago enfurecido. En toda la ma-ñana no habían parado de temblar sus piernas. Sentía frío en los brazos, en la espalda. El puto miedo estaba presente.

Su corazón amenazaba con salir a galopar por la alfombra de la oficina, cuando sonó el timbre del teléfono, haciéndole dar un gri-to que pronto se perdió entre la cortina y los archiveros de metal.

—Alguien que dice llamarse Tijuana le llama, señor —dijo la secretaria por el interfón.

Esto es absurdo, pensó Antonio. Cualquiera que encontrara un cadáver en su cama, habría dado parte a la policía, ausentarse del trabajo, o de menos hacer una lista de pecados y así estar prevenido contra lo que sucediera. En cambio, ahí estaba él, con la mirada rojiza, sin bañarse, el pelo enredado, oloroso a cerveza y humo de cigarro, oyendo la voz de la secretaria insistir a través del aparato.

—¿Señor...?

—Está bien, Matilde, pase la llamada.

Antonio permaneció atento a lo que pudiera surgir de la bocina; una mano huesuda y gelatinosa deseando arrancarle los ojos, un puñal directo a su garganta, una boca de labios destrozados.

—No sabe cuánto lamentamos lo de ayer, licenciado Zepeda.

La voz sonaba distante, como quien intenta disfrazarla. ¿Pero a quién podría identificar?, pensó. Participaba en un juego donde las cartas estaban mal repartidas. Su turno de apostar, prefería usarlo para retirarse.

—¡Oh, usted es de los que cortan yugulares a domicilio! —respondió, sin poder adivinar de dónde llegaba la ironía de su frase.

—Digamos que fue una diferencia de opiniones.

—Sí, ya veo.

—Sabe, así como usted se dedica a la aseguranza de bienes materiales, nosotros también. Lo de ayer fue una forma de asegurar de manera confiable que Nick jamás dijera nada. ¿No le parece un buen método?

—Poco ortodoxo, pero veré si puedo incluirlo en la lista de seguros que esta compañía ofrece.

—Bueno, dejemos esta charla imbécil. Usted sabe cosas que por ningún motivo queremos se divulguen.

—Olvídelo, yo jamás he estado en Tijuana ni pienso regresar *in all my fucking* vida, como dirían ustedes —respondió Antonio, imitando el acento que usaría Nick para decir tal frase.

—Quisiera creerle, pero necesitamos estar completamente seguros que no hará algo que pueda afectarnos.

—¿Acaso no confía en los agentes de seguros? Ya se lo dije; no pienso hacer nada.

Culero. Eres un culero, Antonio, pensó. Si por Nick hubiera sido... ¿Acaso no recuerdas cómo te defendió sin siquiera conocerte?

—¿Y qué me dice de su entrevista de anoche con un periodista? ¿No le parece un punto malo sobre su ofrecimiento de mantenerse callado?

—A alguien tenía que contarle mi impresión de ver una garganta acuchillada.

—Okey. De cualquier forma no olvide ir esta tarde al Café Wong, en la calle de Luis Moya, a las siete. La mesa del fondo estará desocupada.

—Lo siento, pero es sábado y me gusta ver el box por la tele.

—Lástima, licenciado Zepeda, queríamos ser amigables, de todos modos felicite a su hija de nuestra parte, sabemos que mañana será su fiesta de cumpleaños.

Antonio escuchó una ligera sonrisa y luego el sonido que indicaba el fin de la llamada.

Carajo, sabían de su hija, de su cumpleaños, habían entrado a su departamento y matado a Nick, conocían su entrevista con Tulio y hasta el número de la oficina. De seguir así, al día siguiente los encontraría nadando entre las hojuelas del Corn Flakes, en el trayecto al Metro, compartiendo una butaca en el cine, metidos en la cama atentos a sus masturbaciones.

El teléfono volvió a sonar y Antonio no pudo evitar el sobresalto. De nuevo era la secretaria a través del interfón.

—Señor, le llama su hija.

La secretaria desconectó su extensión y oprimió la tecla que permitió a Antonio entrar a una dimensión diferente: la voz de Rosario.

—Papi, ayer estuve esperando que llamaras. ¿Recibiste mi invitación? ¿Vas a venir?

Estaba aturdido, sudoroso. Se aflojó la corbata.

—¿Recibiste mi invitación, papá?

—Sí... Sí...

—¿Vas a venir?

—Sí, claro. Ahí estaré.

—Sale, entonces mañana platicamos.

Antonio escuchó a su hija tronar un beso a manera de despedida, mientras deseaba que Graham Bell estuviera pudriéndose en el infierno. Artefacto más diabólico e impersonal no pudo inventar; lo mismo conectaba tipos capaces de degollar, que enlazaba una adolescente mandando besos a su padre. Además, el maldito aparato no se cansaba, volvió a sonar. Antonio tomó la bocina.

—Sea quien sea, páseme la llamada, Matilde —dijo Antonio, resignado a sostener durante todo el día aquel teléfono entre sus manos. Pronto, la voz de Tulio se hizo presente.

—Oye, Toñín. Es sábado y pensé que podrías invitarme unas chelas.

—Acaban de hablar —interrumpió Antonio—. Sugieren que no juegue al Yo Acuso, y me citaron en un café de chinos.

—¿Piensas ir?

—Por supuesto. Saben que ayer me vi contigo, lo saben todo.

—Sí, lo mismo me hicieron entender cuando me hablaron.

—¿También? ¿Qué te dijeron?

—El tipo que llamó se dedicó a leerme la estadística de periodistas muertos en el sexenio pasado y lo que va de éste. ¡Puta, son un madral! —Antonio guardó silencio para no delatar su miedo—. Qué onda, ¿te acompaño al café de chinos?

—No —respondió Antonio, enfundado en una valentía artificial que también acartonaba las frases—. No quiero que esto se complique.

—No seas culero, déjame acompañarte. Mira que hasta me conseguí una gabardina negra para andar en este desmadre. Pásame la dirección, voy contigo.

Cuando Antonio colgó el teléfono, el sudor bañaba su espalda. También le dolían los dientes.

CINCO

La valentía es cosa de locos, pendejez sublime. La cobardía mejor es el cinismo, pensaba Antonio. El miedo le haría defecar en los pantalones y, sin embargo, caminaba las cuadras restantes hacia el lugar de la cita.

De alguna forma confiaba en que el instinto de supervivencia se agudiza en situaciones extremas y éste acaso se manifestaría también en aquel café de chinos.

Apenas entró sintió ganas de orinar.

Prefirió buscar la mesa señalada que —efectivamente— estaba desierta al fondo del local.

Tomó asiento y una mesera de mandil intensamente blanco se acercó. Antonio no sabía qué hacer con sus manos, mientras la joven limpiaba la mesa y quedaba observándole atenta, esperando órdenes.

—Café negro, señorita.

Encendió un cigarro. A la segunda fumada prefirió apagarlo. El tabaco había entrado más de lo debido, provocando mareo, asco, renovando ese dolor en los dientes que no le había abandonado durante el día.

La mesera sirvió el café y puso en la mesa una charola de pan dulce. Hasta ese momento todo lucía bien. Incluso, la mesa dispuesta le produjo apetito. Si debía esperar que fuera comiendo, pensó, pero se desilusionó al observar que bajo el panqué más apetitoso, estaba una nota, doblada con esmero, donde se le indicaba salir de inmediato de aquel sitio sin pagar ningún consumo.

Antonio se levantó despacio y avanzó el pasillo creyendo que la mesera o el silencioso oriental que atendía la caja registradora dirían algo. El mutismo de ambos personajes le hizo dudar de su propia existencia.

¿Acaso era un fantasma?

¿En qué momento le habían asestado la puñalada trapera?

¿Cómo explicar que le ignorasen de tal forma por dejar el café y el pan intactos sobre la mesa?

Un ramalazo de smog y polvo lo recibió al salir del café. Se sintió vivo, enteramente citadino de sangre seca y sucia. El calor de la tarde lo hizo sentirse incómodo con la chamarra que llevaba.

Una pareja de adolescentes con sudaderas fosforescentes y mochilas escolares pasaron abrazados, sonreían ocupando la calle. Antonio buscó desesperado un pañuelo desechable en sus bolsillos y solo encontró la carta de su hija, junto a la nota encontrada bajo el pan donde le ordenaban caminar despacio hasta la esquina.

Lo hizo. El viento seco que corría la calle atacó sus encías, lastimó sus ojos. La pareja de adolescentes multicolores se alejaba calle abajo.

Antonio observó cómo un auto se despegaba de la acera y le seguía con prudencia. Era un auto de lujo, vidrios polarizados y defensas cromadas. Al llegar a la esquina se abrió la portezuela y del interior, escuchó una voz que le ordenó subir.

Lo hizo.

El auto era una cripta rodante. Sentado en la parte trasera, Antonio no lograba mirar el rostro del conductor, tampoco del sujeto que a su lado le agradecía el haber acudido a la cita.

—Queremos estar seguros que no dirá nada, licenciado —dijo la voz, llevando en sus palabras un sabor fuerte a tabaco y alcohol de caña.

Antonio se mantenía atento al recorrido, a las calles que cruzaban en silencio. Lo avanzado de la tarde y el polarizado le impedían distinguir más allá del parabrisas.

—En Tijuana conoció la casa de la calle Primera. Y en Mexicali y Tecate supo de nombres, contactos, lugares y hasta participó en un altercado que nos costó algunas bajas.

Antonio quiso intervenir pero fue interrumpido.

—No dé explicaciones, licenciado. Fue Nick quien lo hizo, por eso lo «retiramos». De cualquier forma le habrá platicado el motivo de su visita a esta ciudad.

—Jamás habló conmigo. Cuando lo encontré ya era un cadáver a punto de perder la cabeza —atinó a decir Antonio, mientras el dolor de dientes regresaba con mayor intensidad, dejando lastimado el interior de su boca, llena de saliva amarga.

—Suponemos que usted no desea el mismo final que Nick.

—Suponen bien. Quiero llegar a viejo. O por lo menos ir mañana al cumpleaños de mi hija.

—Le propongo algo.

Una pausa. El silencio rebotó en el mullido de la tapicería y Antonio pudo escuchar el dolor en sus dientes trabajando intenso.

—Necesitamos a alguien que los de Narcóticos no conozcan y pueda pasar desapercibido. Pensamos en usted, licenciado. Así paga su deuda, tiene cola que le pisen y quedamos seguros que jamás dirá nada. ¿Se entiende?

—Creo que sí.

—Correcto. Los datos necesarios le llegarán a tiempo. El auto se detuvo.

—Espero que descanse. Mañana debe estar en la fiesta de su hija. Ah, y disculpe la mancha en la alfombra de su departamento. Hay cosas que no pueden evitarse.

Al bajar del auto, Antonio estaba parado en la calle de Balderas. Caminó aturdido, pensando en su nuevo empleo: contacto para una compañía internacional de narcotráfico. ¿Pagarían mejor que en la aseguradora?

—¿Qué pasó, Toñín, estás bien? —dijo alguien a su espalda.

—¡No mames, cabrón, me espantaste! —gritó Antonio, respondiendo a la sorpresa. La impresión sufrida por la voz de Tulio provocó que sus dientes se transformaran en cientos de pequeñas agujas deslizándose en la carne rosada y sangrante de sus encías.

—Ni pedo, carnal, no quise agandallarte.

—¿Por qué veniste?

—Oye, güey, por si ya lo olvidaste soy poeta y periodista en mis tiempos libres o viceversa y una oportunidad así…

Antonio no esperó el final de la respuesta, se alejó molesto, escuchando la voz de Tulio que a lo lejos seguía gritando.

—Oye, puto, ¿olvidas que fuiste tú quien me buscó?… Algunos transeúntes voltearon sonrientes al escuchar la frase, pero Antonio ya no se percató de ello, apresuraba el paso.

—¡Regresa! No has dicho cómo me veo de gabardina. ¡Y mira esta pipa que conseguí…!

Antonio no volteó, no respondió, no pensó, ya era un hombre habitado por la nada cuando la estación del Metro Juárez devoró su cuerpo.

SEIS

La sala y el comedor estaban invadidos con trozos de globos, serpentinas pisoteadas, restos de pan y merengue. Hojuelas de confeti coloreaban el cabello de los pequeños que lentamente se iban despidiendo conforme sus padres iban a buscarlos.

Rosario había estado contenta comiendo pastel, abriendo regalos y bailando con un gordito de lentes con quien Antonio la miró besarse bajo el cubo de la escalera, desde su lugar, sentado en un sillón color vino que no había visto anteriormente.

Aquel mueble era confortable y lujoso. Todo indicaba que a Amintia las cosas le resultaban. Su sueldo y la pensión que cada mes él mismo depositaba en una cuenta bancaria, le permitían comprar un sillón que se antojaba más para placeres carnales que para usarlo con batas y pantuflas.

En la cocina, Amintia se dedicaba a la tarea de recoger vasos y servilletas desechables, perdidos entre la cantidad de plantas que seguía cultivando.

Desde su asiento en el sillón, Antonio miraba a su hija despedir a los últimos de sus amigos. Era lo malo de las fiestas infantiles. Estaba harto del pastel, quería tomar algo más fuerte que ese chocolate servido durante toda la tarde.

Evitando tropezar con Amintia, fue hasta la cocina y del refrigerador tomó una Coca Cola que destapó para luego regresar al sillón y quedar escuchando los ruidos que entraban por ese balcón que él y Amintia tanto desearon al momento de buscar departamento: un balcón que diera a un parque, un balcón donde poner macetas colgando, un balcón donde recargar y desnudar a Amintia y así exponer su piel a consideración de la luna, como escribiera en alguno de sus poemas.

Rosario se acercó. Sus trece años, el cabello detenido con spray y cintas de poliéster azul, permitían vislumbrar la simpática joven que pronto sería. Poco faltaba para que comenzara a tener las formas de su madre y a batallar con los enormes dientes que por su parte le había heredado.

Cuando Rosario se sentó sobre sus piernas, Antonio tuvo la sensación de jugar de nuevo con ella a resolver crucigramas o rompecabezas, o dedicando las tardes a la invención de un idioma secreto que les permitiera comunicarse sin intrusos, sin Amintia; lo habían intentado con palabras vueltas al revés, sílabas extrañas intercaladas en el fraseo, números destinados a cada letra, cambio de vocales, señas y datos que la pequeña Rosario proponía, captaba, agregaba, mejoraba, cualquier cosa con tal de obtener un lenguaje propio, particular. Luego llegó la separación y aquella cofradía de dos se había interrumpido, pero algo quedaba, y era el gusto por los acertijos, la cábala de una relación que se reanudaba en ocasiones como aquella, de ahí la razón de su regalo.

—¿Te gustó el rompecabezas?

—¿La verdad?

—Sí, la verdad.

—No, no me gustó. Yo quería un póster del Cruz Azul.

—¿En serio? Están jugando de la chingada —dijo Antonio divertido.

—Pero es el equipo —respondió Rosario, volteando hacia la cocina. Al asegurarse que Amintia no los escuchaba señaló un bulto bajo su suéter y Antonio la miró sacar una libreta.

—¿La recuerdas?

Cómo no recordarla, pensó Antonio. Era la misma libreta marca Scribe que en sus pastas tenía el poster del Cruz Azul y al reverso a Suzi Quatro envuelta en piel. Estaba sorprendido, la consideraba perdida, sin embargo estaba ahí.

—¿Dónde diablos la hallaste?

—Si te digo no me crees.

—Tienes razón, ya no creo en nada —dijo Antonio recordando la sangre de Nick corriendo por la alfombra.

—En los archivos de la compañía donde trabaja mamá.

—¿Y qué hacía ahí?

—Mmm, creo que mamá la tenía en su escritorio. Hace un mes mandaron sus archivos viejos a la bodega. El otro día fui con ella al trabajo y bajé a jugar con papeles. Ahí la encontré.

—¿Me la vas a dar?

—No.

—Pero si es mía.

—Me vale, yo la encontré.

De pronto, la voz de Amintia llegó desde la cocina.

—¿De qué tanto hablan?

—¡Del rompecabezas que me regaló papá! —respondió Rosario, para luego bajar la voz al tiempo que mostraba con su índice la tapa de la libreta donde aparecía el Cruz Azul—. Este es el *Kalimán Guzmán*, este es Bustos, acá está Vera, el *Supermán* Marín, Flores, Muciño, el *Güero Cárdenas*...

—Así que preferías un póster del Cruz Azul —dijo Antonio.

—Sí. ¿Me lo consigues?

—¿Aunque estén jugando pésimo?

—No importa. Soy cementera, pierdan o ganen.

—¿Te quedas a cenar, Antonio? —interrumpió Amintia desde el comedor, con un tono que significaba lo contrario a la frase.

—No, debo irme.

—¿Cuándo vienes, papá? —pregunto Rosario bajando del sillón y buscando la chamarra de Antonio colgada tras la puerta.

—El sábado, ¿te parece? Traeré boletos para ir a ver a la Máquina contra los Tecos.

—¡Órale!

—No, lo siento —intervino Amintia, entrando a la sala—. Me obsequiaron boletos para un concierto de Lupita Pineda en el Teatro de la Ciudad y pensaba ir con Rosario.

Antonio estaba de pie poniéndose la chamarra.

—No creerás que voy a desperdiciarlos por un partido de fútbol, ¿verdad?

Antonio buscó los cigarros en su chamarra y encendió uno. «El equipo era el equipo.»

—El sábado estoy aquí para ir al fut con mi hija. Buenas noches.

Por toda respuesta, Amintia entró a su recámara y Antonio la escuchó encender el televisor. Antes de salir su hija le sonrió mandándole un beso. La calle lo esperaba.

SIETE

Todo buen lunes debe iniciar con un reloj despertador sonando entre las neuronas y el Apocalipsis. Aquel no sería la excepción. El ruido entró como barrena buscando sus oídos para decirle que la vida continuaba, que sus calcetines seguían guardados en el mismo cajoncillo, que los Corn Flakes le esperaban en la alacena y la leche en el refrigerador.

Antonio acaso jamás hubiera querido llegar a ese lunes. Sin embargo allí estaba presente, con el zumbido incesante del despertador que decidió arrojar a fin de lograr silencio. Para ello tendría que lanzar el aparato. Mentalmente elaboró la ubicación del objeto y dedujo que éste quedaba fuera de su alcance destructor. Era extraño. Siempre le bastaba estirar la mano y presionar suavemente la tecla para callar aquel lamento. Ese lunes era diferente. Intrigado, Antonio decidió conocer la razón; estiró sus piernas y también las notó diferentes, estaban más tiesas que de costumbre, totalmente frías, por si fuera poco sus ojos se negaban a entrevistarse con la luz.

Pasado un rato, cuando logró convencer a sus ojos de la bondad matutina, Antonio se descubrió acostado bajo la cama, completamente desnudo, con la piel erizada y estremecida a cada roce de la alfombra. Asustado, se arrastró para salir y al estar de pie ante la claridad entrante por la ventana, miró su cuerpo totalmente manchado con la sangre de Nick que permanecía en coágulos pegajosos bajo la cama.

Gárgolas, guillotinas, monstruos peludos y panzones perseguían su sombra. Lo sabía, acabarían por destrozar su carne, alguien que ni siquiera conocía habría de devorarlo.

El miedo regresaba a señorearse sobre su derrota. Atacaba sus encías sangrantes y se embarcaba en cada hojuela de cereal como la sangre de Nick.

En la oficina, Matilde lo recibió con la correspondencia y el sobre amarillo con su salario. Entonces recordó que el sábado se había marchado sin cobrar, sin recibir la compensación a su esfuerzo de contestar el teléfono, firmar documentos y ofrecer café a los nuevos vendedores que se adherían al grupo de ventas.

Quedó por un momento mirando aquel dinero. Era suficiente para un vuelo directo a Cancún donde podría pasar modestamente una semana escondido bajo la blanca arena de la playa, tomando cerveza con limón y...

—El señor Hércules Poirot al teléfono —dijo Matilde por el interfón.

—No estoy, que deje recado —respondió Antonio, fastidiado de tener que interrumpir su ensueño de huida.

—Lo siento, le dije que sí estaba porque parece urgente.

Sin esperar respuesta, la secretaria oprimió la tecla que daba paso a la llamada. En venganza, Antonio se limitó a ignorar el aparato hasta que éste por sí mismo desconectó la llamada.

Poco después volvió a sonar.

—El Padre Brown pide hablar con usted, licenciado. ¿Le comunico?

—Tampoco estoy, Matilde.

—Ay, pero si es un sacerdote —comentó afligida la secretaria que debió despedir a la persona, mientras Antonio contemplaba la Alameda Central, de pie ante la ventana que daba a la Avenida Juárez. A lo lejos, observó una columna de humo que nacía al norte de la ciudad. Imaginó a los bomberos lanzados a galope por Insurgentes, dispuestos a enfrentar el fuego, el infierno, las llamas, a inmolarse cual bonzos.

Antonio regresó al escritorio a buscar la cajetilla de cigarros que encontró bajo el montón de correspondencia. En su intento se topó con un sobre sin remitente. Encendió un Delicado rubio y rasgó aquel misterioso envío.

Era una foto. En ella Tulio le adelantaba un paso mientras caminaban sobre la calle Balderas. Antonio tenía cara de susto y los ojos demasiados abiertos. Volteó la fotografía y en el reverso encontró un escrito. Las prometidas instrucciones.

La columna del incendio permanecía en el horizonte. Parecía ocurrir en la Industrial Vallejo. Apagó el cigarro. La ciudad preparaba sus filos cuando abandonó la oficina.

—¿Algún encargo, licenciado? —preguntó Matilde al verlo avanzar por el pasillo rumbo al elevador.

—Consiga dos pases preferentes para el partido del sábado; Cruz Azul - Tecos.

—¿Algo más?

Antonio se detuvo. Pensó que era preferible llevar un guardaespaldas. ¿A Tulio le gustaría el fútbol?

—¡Sí, que sean tres! —gritó Antonio desde el pasillo, pensando que si Tulio no aceptaba, bien podría invitar a un embalsamador de cadáveres.

OCHO

En el hotel Diligencia, cercano al Metro Revolución, el encargado, un hombre de piel rojiza y acento español, caminaba furioso por el pasillo dando órdenes a una mujer regordeta que llevaba una cubeta rebosante de pastillas de jabón y rollos de papel higiénico color verde.

La alfombra del pasillo estaba sucia y desgastada. Frente a la recepción, en algo que quería ser un recibidor, se mantenía en pie un remedo de algo que había sido una fuente. La penumbra ocupaba el lugar. Todo el sitio se prestaba para cualquier propósito que no mereciera ver la luz del día.

—Tengo una habitación reservada a nombre de Antonio Zepeda.

El español dejó el oloroso cigarro sobre un cenicero fabricado con viejas monedas y miró a Antonio a través del cristal que tenía únicamente la ranura necesaria para recibir el dinero y un boquete redondo a media altura por donde su voz llegaba diluida y confusa.

—¿Una habitación? ¿A qué nombre?

—Zepeda, Antonio Zepeda.

—Déjeme checar bien que acabo de tomar turno, coño.

De la calle, entró una pareja. La mujer sonrió al español que sin prestar mayor atención entregó una ficha a la joven.

—Oye, Lilia, debes tener cuidado con las sábanas, hombre, a lo que vienes y ya, que luego quedan de un asco…

La mujer hizo un ademán despectivo hacia el hombre que seguía entretenido buscando la reservación de Antonio en la lista, mientras la mujer gorda avanzaba por el pasillo cargando su cubeta. Dos hombres surgidos de la nada aparecieron al fondo del pasillo, abrazados por la cintura.

Aquella espera le ponía nervioso. El olor a semen viejo, a cortinas gruesas y sábanas percudidas por falta de jabón le producían tristeza.

La pareja de hombres salieron del hotel.

—Sí, aquí está —dijo el español—. Licenciado Antonio Zepeda, es el doscientos ocho, segundo piso, mano derecha —y luego, dirigiéndose a la mujer gorda que limpiaba el pasillo, gritó—: ¡A ver, Rafaela, lleva aquí al señor!

La mujer hizo el ademán de abandonar la cubeta pero fue interrumpida por la voz del Antonio.

—Gracias, puedo encontrarlo yo mismo.

La mujer lo miró un instante y se limitó a alzar los hombros. Al subir las escaleras, Antonio sintió la mirada del español en su trasero. Acaso le imaginaba un masturbador febril, alguien que necesitaba pincharse con urgencia o un suicida que deseaba tranquilidad total en los últimos instantes de su vida.

Antonio caminó por el pasillo intentando memorizar el terreno por si necesitaba huir. No era nada complicado. Cuatro tramos de escalones y tres descansos eran toda la escalera. Al llegar al segundo nivel una flecha indicaba la numeración a seguir.

El pasillo daba hacia un barandal que comunicaba a su vez con la zotehuela que alguna vez estuviera sin techar, de ahí la razón de la irrisoria fuente en la planta baja que se ostentaba repleta de colillas, polvo, pañuelos desechables arrugados, carcomidos por mocos y saliva.

Su reloj marcaba las siete de la noche.

Abrió la puerta.

Según los datos en el reverso de la foto, su siguiente movimiento era a las siete con cinco minutos.

Luego de cerrar la puerta, sentado al borde de la cama, Antonio supo que no habría de morir de un bombazo. Se aventuró a revisar el baño que resultó ser un cuarto pequeño, con manchas de óxido en las cañerías corriendo desnudas por la pared. Algunas cucarachas se escondieron instintivas cuando un rabo de luz llegó a su escondite.

Al salir del baño miró detenidamente la puerta. Estaba convencido de que cualquier ataque sería necesariamente por la puerta principal, así que podría conocer la mirada de su asesino antes que éste lo descuartizara.

A las siete cinco, tal y como le ordenaban en aquella foto, Antonio encendió la televisión. La pantalla lo recibió con dos pares de nalgas; era un hombre acariciando el trasero de una mujer. Fornicaban. Toda la trama de la película consistía en si apagaban la luz o ésta quedaba encendida. Tal dilema la pareja lo discutía con un mete saca feroz que le hizo recordar a la pareja de gringas que conociera en Tijuana y —de paso— la mirada del español sobre sus flacas nalgas.

Tomó de nuevo la fotografía.

«En el cajoncillo del buró encontrará el resto de las instrucciones.»

Antonio caminó hasta el mueble y en el interior del cajón —entre imágenes de corazones, vulvas, penes dibujados burdamente, manchas de quemaduras de cigarro y números telefónicos— encontró un papel.

«Suba el sonido de la televisión al máximo sin cambiar de canal.»

Lo hizo.

Los gemidos de la mujer y su compañero que fornicaban mientras discutían la cuestión de la iluminación, se convirtieron en rugidos feroces, jadeos incontenibles que de continuar, provocarían que de un momento a otro llegara el español a saber la razón del escándalo, pensó.

«Desnúdese por completo.»

Aquella parte del guión no le gustaba. Sabía que si de huir se trataba, sería difícil bajar las escaleras con el trasero al aire y un matón persiguiéndole.

Resignado, Antonio se deshizo de su ropa y cuando terminó, adivinó en el espejo sus costillas asomando por la piel, sus ojos rasgados, debilitados por la penumbra. Se sintió ridículo en aquel cuarto tan frío, oyendo los jadeos que en la pantalla continuaban.

«Mastúrbese.»

Las órdenes seguían sin agradarle. Sabía que todo aquello le sería imposible olvidar si es que acaso vivía para recordarlo.

No era difícil suponer que desde algún rincón oculto, una cámara filmaba cada uno de sus movimientos. Tal vez desde otra habitación, justo por el espacio que correspondía a la fuentecilla del patio interior. La cortina mal cerrada era suficiente para dar paso a un *zoom* capaz de tomar todos sus movimientos tumbado en la cama, acariciando su flácido miembro, observando cuerpos desnudos en una pantalla de televisión donde los jadeos se mantenían intactos, con la mujer montando al hombre mientras él por su parte no lograba ninguna maldita erección.

¿Cuánto tiempo duró aquello?

No pudo hacer un cálculo; en ese instante sonó el teléfono de la habitación.

Antonio detuvo el manoseo, tomó la bocina y escuchó.

—Ha sido todo. Puede vestirse y marcharse. O si lo desea puede continuar lo que estaba haciendo, el cuarto vence hasta mañana.

Una vez que se hubo vestido, Antonio salió de la habitación y comenzó a bajar la escalera. Todo estaba quieto, indiferente a un flaco de ojos orientales que sentía náuseas y ganas de meterse en cama durante varios meses.

—¡Hey, usted! —gritó el español desde su cubículo de cristal—. Podría haberle bajado a la tele mientras hacía sus cosas. ¡Coño, que este es un hotel decente…!

Antonio quiso volver y golpearlo o siquiera insultarlo, pero ni siquiera de eso tuvo ánimo. Se limitó a salir del hotel.

NUEVE

Cuando despertó supo que aún vivía. Que la mano ensangrentada que le persiguiera durante el sueño, atenta a cada movimiento de su corazón, ya no rondaba.

El cielo tenía la particularidad de ostentar algunas nubes color gris seso, gris mugre, gris ratón. Todo indicaba que habría de llover y sus dientes continuarían pinchando alfileres en la piel de su boca.

Estaba solo, forzando aquellos ojos que se negaban a convivir con la pálida luz de una mañana que podía ser resumida bajo los siguientes puntos:

• Desperezamiento.

• Aseo.

• Cepillado de dientes.

• Desayuno: Corn Flakes de Kellogs, leche Tamariz, Nescafé, dos plátanos.

Antonio terminó de llevar esos trozos de plátano mojados en cereal y leche al fondo de su estómago y arrojó los trastos al fregadero. Luego buscó un cigarro en el cajón de los cubiertos y sólo encontró una cajetilla de Marlboro que por extrañas razones estaba ahí.

Desistió. Prefirió caminar hasta la sala donde en su chamarra guardaba los Delicados rubios. Encendió un cigarro, aspiró y exhaló el humo para agregarlo a la penumbra que a esa hora de la mañana aún rondaba en la habitación.

Permaneció fumando, caminando por cada rincón del apartamento, reconociendo el terreno, como si se despidiera.

¿Despedirse? ¡Absurdo! Después del *striptease* en el hotel estaba listo para volver a la rutina; cereal y tráfico, soledad y angustia. Ya todo había terminado. Podría ir al partido de fútbol el sábado, seguiría votando por la izquierda y caminando los domingos por San Juan de Letrán, sintiéndose parte de esa rueda que le llevaba entre neón, tacos, vendedores ambulantes, ruido, manifestaciones, mujeres treintañeras con sonrisas de miel y sangre...

Era tiempo de cagar los sagrados alimentos.

Un rollo de mierda dura y apestosa cayó ruidosamente en la taza del sanitario. Hasta ese momento notó que en las últimas veinticuatro horas no había defecado. La tensión lo había estreñido.

El humo del cigarro llegó a los lagrimales, irritándolos.

El siguiente trozo de mierda fue menos duro. Era suficiente. Aquello daba por terminada la labor de los intestinos. Bajó la palanca. El sonido del agua a presión acompañó el subir de sus pantalones. Salió del baño y encontró la cama, deshecha como siempre, esperándole.

Aceptó la invitación. ¡A la chingada el trabajo!

Antonio pasó el día entero acostado en la cama.

De vez en cuando se había parado a vaciar los ceniceros y a orinar. En uno de esos viajes, regresó con una lata de cacahuates que descubrió en la alacena. Se terminaron pronto. Hizo un viaje más por un paquete de cervezas y al terminar sintió reventar su vejiga. Aquello estaba mal. Si de veras quería marearse era mejor tomar el camino recto.

Nunca supo en qué momento aquella botella de Fundador llegó a sus manos. Quizá fue durante la misma visita que hiciera a la cocina en busca de queso y pan. De cualquier manera el líquido oscuro fue entrando lento y preciso en su sangre y en sus sueños.

...una mano peluda y con garfio de acero platinado se acerca lenta por tu espalda, no la adviertes, descuidado como estás en beber de la botella. La mano baja y prosigue cautelosa hacia el culo. Ataca. El garfio entra rasgando las nalgas, destrozando el recto, borrando todo vestigio de mierda. Quedarás expuesto al sol calcinante de un páramo, con el ano supurante y rojo, llagado. Las moscas verdes entrarán y saldrán libremente por la herida infecta, surcarán tu rostro, viajarán por tu nariz, lamerán las cuencas vacías de tus ojos, la pulpa seca en que se ha convertido tu lengua...

Aquella era una noche donde las estrellas fugaces caían. Había visto algunas —plenas de azul y amarillo— depositarse en el hueco que dejaba el armario y la pared. Una de ellas, vestida de verde intenso, logró sitio sobre la televisión y otra casi transparente vagó encima de sus piernas.

Su mano sostenía el cuello oscuro y mojado de la botella. La televisión se mantenía encendida desde los tiempos de la Legión Negra en las Estepas Orientales.

En uno de sus viajes al Planeta Mongo, había logrado llegar a Sala y rescatar a Tornamesa de las terribles garras de la malvada reina Silencio. Una vez a salvo, la reconfortó poniendo suficientes Discos como para esperar el Diluvio sin que la Música terminara.

Clapton bajó a brindar, también Santana. Hubo fugaces visitas de Marley, Wakeman, Page, Plant, Morrison, pero quien de veras se quedó fue Joe Cocker. Con él se había despeñado, adolorido, sangrado, avejentado y vuelto a nacer durante los siglos que llevaba rodando, vomitando, escupiendo, orinando, llorando, gritando, inundado de recuerdos y cronologías inútiles.

Descenso voraz a las fechas, a las imágenes de su figura por las aulas y patios donde alguna vez estuviera.

Escuchó el tronar de las bocinas, el morir del mundo. Comprendió por qué hacía años no compraba ningún disco, a pesar de que durante su matrimonio con Amintia se había visto tentado a comprar algo de Roberto Carlos o La Rondalla de Saltillo, con tal de conciliar, pero no. Prefirió seguir el rito, la carne, la esperanza, y acudieron en su ayuda escarabajos y animales y fluido y piedras y agua y cada uno salvándole a su manera del vacío que provocaba la rutina y el dolor de los divorcios.

La estrella dejó su pierna y viajó al hombro. Desde ahí murmuró algo. Le pidió que se recostara, se desnudara, que apagara la luz, que lo hiciera todo con tal de purificarse.

Antonio acostó su cuerpo sobre la alfombra y estornudó debido al polvo que subía. Buscó su miembro, lo tomó, lo acarició intentando una erección que se confundía con las ganas de orinar que nuevamente atacaban. Se sentía mal, algo estaba roto y era difícil ajustarlo. Lástima. La noche parecía diseñada para usar los artilugios con que la nostalgia ordena las ideas. Abandonó su miembro que goteó orina al ser soltado y cayó laxo, igual que él, rodando por el piso, derramando la botella de brandy que mojó su costado.

Una estrella más redonda y azul que ninguna, cruzó la habitación. La miró caer bajo la cama. La estrella mantenía su cauda, resplandecía, le llamaba y Antonio acudió. Nada como platicar con una hija del cielo. Llegó a su lado, la tomó, quedó observando cómo poco a poco la estrella fue tomando la forma de un recipiente de metal que despedía un olor a medicina, a musgo y escarcha. Lo abrió y en su interior encontró un papel.

DIEZ

Las estrellas se alejaron por completo cuando encendió la luz del buró.

Chilanguín:

Prevenido ese. Saben de ti mucho más de lo que imaginas. Wáchala con la Morena. Ella y su gente están aquí en México, vienen por mí (y por ti), pero no estaré, voy a Bolivia luego de arreglar un jale grandote aquí en el Defe.

Nos vemos.

Destruye esta madre de recado y escóndete por un tiempo.

Cuídate de fotografías o algo semejante, es su estilo para chantajear o embarcarte y hacer que se les ayude.

Malíciala, bro.

Nick.

La luz de un auto doblando la esquina entró por la ventana. Antonio estaba ya de pie digiriendo el recado. Demasiado tarde se le advertía de películas tomadas en hoteles infectos, pensó.

—Pendejo, ¿a poco de veras quedo libre así de fácil? —se dijo en voz alta tan rápido como buscaba su ropa y comenzaba a vestirse torpemente, víctima del brandy.

La tristeza y el miedo seguirían siendo sus compañeros inseparables.

Había oído la puerta del edificio rozar sus goznes antiguos, los pasos de alguien subiendo la escalera angosta y oscura. Iban por él. Lo sabía. Ningún vecino llegaba a tal hora de la madrugada y el rechinido del escalón en el primer nivel era signo de alguien que no conocía el recorrido de memoria.

Terminó de meter los pies en los zapatos y con el torso aún desnudo, cruzó la sala tomando la chamarra que intentó ponerse con dificultad.

Llegó a la puerta y al abrirla se encontró en un pasillo de sonidos viscosos y erizados. Caminó precavido. Su idea era ganar el rellano que se formaba en el pasillo, antes que sus visitantes advirtieran que no los esperaba en casa.

Al fondo, la luz débil de un foco le permitió llegar un departamento adelante. La conveniencia de ser flaco, pensó. Su cuerpo no sobrepasaba el dintel de la puerta y desde ahí observó a los recién llegados; eran dos. Ninguno vaciló respecto a la ubicación. ¿Habían estado ahí antes? ¿Eran los mismos que asesinaran a Nick?

Antonio esperó que pasaran al interior y cuando esto sucedió saltó de su escondite ganando la escalera rumbo abajo.

Sufría de pensar que alguien estuviera cuidando la salida. Recorrió el tercer nivel, siguió el descanso, continuó hasta el segundo piso y terminando el barandal llegó a la planta baja. No había nadie. Respiró profundo y volvió a acelerar su huida, corriendo despavorido por la calle, buscando perderse.

A pesar del miedo todavía se atrevió a detener la carrera para atar la cuerda de los zapatos. Cuando terminó, reinició la zancada en zigzag como había visto en las películas para evitar ser atinado por una bala.

Recordó a Nick y el viejo edificio de la calle Primera en Tijuana. Sabía de ese temor de ser apresado, el pánico de no saber por dónde se huye. Aquellos días sin auto le habían servido para olvidarse de las calles y éstas le respondían de la misma forma, mostrándose oscuras, filosas.

Dobló una esquina, otra más, cruzó una avenida y continuó doblando hacia la izquierda a cada esquina que iba alcanzando.

Por fin reconoció el terreno. Estaba en el Parque México. Podía sentirse más tranquilo. Ahí podría perderse fácilmente de quien le persiguiera. Y si acaso lo necesitaba, enfrente estaba el edificio donde vivía Amintia.

Fue entonces cuando se preguntó por esas extrañas relaciones que provoca el miedo. ¿Por qué de todos los rumbos posibles tenía que ir precisamente hacia donde vivía su ex mujer? ¿Acaso por su mente pasó pedirle ayuda? ¿Un refugio para el pobre miedoso? ¿Qué pensaría si en ese momento le descubriera sudoroso y mal vestido, viendo hacia su ventana? ¡La ventana! Había una luz tenue en la recámara de Amintia, quizá estaba en la cama con Salomón, y antes de que ambos salieran desnudos a jugar en el balcón, Antonio prefirió seguir poniendo distancia al enemigo hasta que en la calle siguiente, una patrulla estacionada frente a un puesto de tacos le hizo detener la carrera.

Retrocedió. Su aspecto era sospechoso a esa hora de la madrugada, además no quería tener nada que ver con policías. Los había logrado evitar desde la infancia y no iba a perder tan sana costumbre solo porque un par de cabrones querían rellenarle el culo de plomo.

Regresó hacia la esquina anterior y corrió hasta encontrar una calle oscura donde pudo descansar y ordenar las ideas que poco a poco iban tomando engrane. El sudor mismo permitía engrasarlas y ajustarlas, embonarlas unas con otras sin lastimarse.

¿Dónde había ido a parar la película en que intentaba una desangelada erección? ¿Dónde?

Cruzó la calle y siguió corriendo. De mantener esa velocidad estaría listo para concursar en el próximo maratón, ganaría el auto que entregaban como premio y viajaría hasta donde nadie le molestara por andar con el torso desnudo, los pantalones orinados y esos dientes adoloridos, trabados, rellenos de miedo.

ONCE

—Hey. Despierta. Ya se desocupó uno, llégale —le dijo aquel tipo de bigote jalisciense y camisa a cuadros que Antonio se encontró al momento de abrir los ojos.

El labio inferior del jaliscience mostraba una cicatriz que el tiempo se esforzaba por desaparecer con lamentables resultados. Aunque sus mejillas, comidas por el acné, le daban un aspecto fiero, Antonio sabía que era persona de fiar, alguien dispuesto a dar posada al jodido tipo que de madrugada llegó golpeando con ansia la puerta del hotel Roosevelt donde el tipo trabajaba como portero de noche.

Sentía frío. Por fortuna la angustia había desaparecido, lo mismo que el dolor en los dientes. Antonio prefirió no pensar en ello. Éste era capaz de volver y depositarse por el resto de su vida.

Con dificultad, comprendió lo que se le indicaba; podría ocupar el cuarto que recién había desocupado una pareja.

—Anda, apúrate antes que llegue mi relevo.

—¿Qué horas son? —preguntó.

—Como las siete y media.

—¿Qué cuarto dijiste?

—El 110. Si preguntan algo te llamas Roberto Pimentel y el cuarto vence a las dos de la tarde. Si sigues con broncas nos vemos en la noche. Anda pues, cabrón, sube ya.

El elevador lo llevó hasta un piso donde buscó el cuarto indicado. Las sábanas blancas estaban aún tibias. El único inconveniente eran las manchas húmedas y el olor a sudor, revuelto con semen y agua de colonia que se anidaron en su sueño reanudado.

DOCE

El ruido de autos que navegaba por la avenida Insurgentes lo despertó. Estaba vivo. Animal de cabello y huesos y resaca que abrió los ojos buscando reconocer el sitio, las manchas de la agonía. Su cuerpo estaba boca abajo, atravesado en la cama, con la cabeza fuera del colchón, provocando dolor en el cuello, mientras la garganta ostentaba una sensación embrutecida y reseca.

Lentamente abrió los párpados. La alfombra que había conocido mejores tiempos estaba sembrada de condones. Sobre el aparato de televisión, una pantaleta en jirones permanecía como huella de la tormenta que ahí tuviera lugar.

Frente a la puerta del baño, una botella de colonia se derramaba y hacía que la habitación viviera bajo su olor penetrante.

Cuando tuviera fuerzas se levantaría, abriría la ventana y tragaría una enorme bocanada de aire fresco. Pero aquello sería cuando lograra encontrar la brújula de sus movimientos que permanecían extraviados entre marismas y cuchillos que intentaban cortarle las manos, la lengua, los sonidos… ¡Exacto! Los sonidos.

Nada como escuchar a alguien, certificar que las calles y los autos aún existen y el mundo exterior no se ha modificado.

Marcó el teléfono.

—*El Universal.* ¿Con quién desea hablar?

—Con Tulio, por favor, en Cultura.

Momento de espera.

—Diga.

—Tulio, soy yo, Toño.

—¿Qué Toño?

—Toño, Antonio Zepeda.

—¿Se empeda? Lo siento, no lo recuerdo, ¿dónde dice que me lo cogí?

—No seas mamón, Tulio, soy Antonio.

—Verá usted, a mamadas no me llevo, ahora que si me describe sus nalgas tal vez recuerde cuándo me lo *culié*.

—Chingada madre, Tulio, tengo broncas y tú de pinche payaso.

—Lo siento, ya le dije que a insultos no me llevo.

Antonio escuchó en la bocina el ruido de quien ha colgado. Quedó observando el teléfono como buscando la forma de llegar un golpe a través de la línea. Se sentía furioso y su rabia aumentó cuando resbaló con uno de los preservativos sucios que en el suelo esperaban crecer y dar fruto.

Volvió a marcar.

—Tulio, soy Toño, déjate de mamadas.

—¿Disculpe, con quién quiere hablar?

—Perdón, señorita. Con Tulio, en Cultura, por favor.

—Lo siento, me dice que le diga que ya salió.

—Ching...

—Permítame —dijo la voz de la joven al otro lado de la línea para dar paso a la voz de Tulio.

—Okey, qué pedo pinche Toño.

—Eres un culero, ando apurado con este desmadre y tú haciéndote el interesante.

—Uta, si sigues así me *cai* de madre que te vuelvo a colgar.

—¡Ya, carajo! Me andan siguiendo, Tulio. ¡Ayúdame!

—¿Qué te pareció la gabardina y mi pipa a la Sherlock Holmes?

—¿De qué chingaos hablas? Te digo que me siguen para partirme la madre... ¿De qué pipa hablas?... ¿Bueno? ¿Bueno? ¿Tulio, estás ahí?

—Sí, pero no escucharé más tus blasfemas palabras hasta que me permitas narrar cómo fue que yo, humilde poeta devenido a reseñista, logré conseguir mi perfecto disfraz de investigador privado a fin de ayudarte, sin pensar que me pagarías con tu desdén de puta barata.

—Okey, okey, suelta el rollo.

Antonio detuvo su impaciencia y escuchó a Tulio hacer la crónica pormenorizada de cómo aquella tarde la pasó telefoneando a todos sus conocidos, preguntando si por casualidad tenían una gabardina talla treinta y ocho, color negro.

—Entonces recordé que Jorge Borja compró una en Laredo, cuando fuimos a una reunión de editores independientes y tal vez me la prestaría. Así que fui a verlo y estuvo de acuerdo en prestármela, pero con una condición, que le dijera para qué la quería.

—Ajá. ¿Y qué le dijiste?

—Pu's la neta, porque verás, al Borja también le gustan estos bisnes de balaceras y muertos…

—¡Óyeme, cabrón, estás diciendo que ese tal Borja sabe lo de Nick y que yo!…

—Simón, buey, ¿qué esperabas? Es más, se ofreció a echarnos una mano. Él fue quien dijo que ninguna gabardina luce si no se acompaña de una buena pipa escocesa, así que fuimos a Liverpool a comprar un par de pipas que el cabrón pagó con unas reseñas que recién cobró. Y yo por mi parte, para hacerla más chida, me volé una lupa del departamento de linotipia, solo una porque el Borja no quiso, para qué diablos le sirve, es capaz de darse un madrazo, como nada más tiene un ojo…

—¿Quién tiene un ojo?

—El Borja, el cuate del que te hablo, es articulista. ¿No lo recuerdas? Una vez estuvo con nosotros en la Nochebuena. Es panzón, usa greña larga y un parche en el ojo, estilo Catalina Creel.

—¿Y tú crees que un cuate con un solo ojo sirve de ayuda?

—Pues yo digo que sí, porque tiene cara de maldito. Cuando estos cabrones lo vean me cae que te dejan en paz.

—Okey, corta ya. ¿En qué acabó todo?

—Nada, que ahí vamos siguiéndote en el vocho, cuidándote las nalgas para que estuvieras a salvo, y cuando te sueltan, me acerco para decirte que no te preocuparas, que ahí estaban tus ángeles guardianes y me sueltas un codazo y hasta me mientas la madre, ¿es justo?

Silencio. La voz de Borja de pronto parecía cansada, rota. Antonio decidió intervenir.

—No mames, ¿a poco estás llorando?

—Sí, buey, ¿qué no puedo? ¿O hasta eso me vas a impedir? Primera vez en mi vida que conozco un pedo de estos llenos de pura realidad verdadera y…

—Okey, ahí que muera, disculpa, mano. Ven a verme, ¿no? Estoy sin lana y sin comer en el hotel Roosevelt, cuarto 110.

—Ya lo tengo ¡Sale para allá el Dúo Económico!

TRECE

El Dúo Económico, como lo había denominado Tulio, llegó sonriendo y saludando, permitiendo soportar el miedo con sus bromas, aunque Antonio los adivinaba tan iguales a él, con los güevos ubicados en algún punto perdido entre la tráquea y el estómago.

El tal Borja en verdad tenía tipo de investigador privado, sobre todo al verlo fumar su pipa y lucir esa gabardina negra azabache, con su figura regordeta, y la greña larga atada en cola de caballo con una liga de color verde aguacate.

Luego del almuerzo, Antonio limpió sus dientes cuidadosamente con un palillo. Temía que las encías volvieran a sangrar y el dolor recordara su misión maligna.

El trío continúo con bebidas. Tulio pidió vodka mediada con Squirt. Antonio optó por la cerveza y el tal Borja prefirió un cuba libre que bebió a pequeños sorbos. Fue aquel gesto el que hizo a Antonio recordarlo sentado en una mesa de la Nochebuena.

Sin resistir la curiosidad, preguntó:

—Antes no tenías parche en el ojo. ¿Qué te pasó?

—Tengo dos versiones —respondió el tal Borja—. Una para los cuates, otra para los otros.

—¿Estoy en alguna de ellas?

—Digamos que te puedo contar ambas sin remordimientos de conciencia —respondió Borja dando otro sorbo a su cuba—. Los apenas conocidos saben que fue a raíz de una pelea a navajazo limpio en un *cabaré* en Jojutla, Morelos. Fue una lucha sangrienta, tasajeé a mi rival sin misericordia y estuve a punto de matarlo, pero aquel titubeo sensiblero me hizo descuidar la guardia y el tipo ensartó su navaja en mi ojo, dejando una cuenca vacía para siempre.

—Digamos que es su herida de guerra —intervino Tulio— ¡Vieras qué resultado le da con las viejas a este cabrón!

—Sí, pero todo el romance termina cuando tú te pones pedo y les cuentas la versión verdadera —dijo Borja con un dejo de rencor en sus palabras.

—¿Y cuál es? Digo, si se puede saber.

—Destapando una Pepsi Cola con los dientes. El refresco estaba caliente y agitado. Al estallar el envase, un cristal saltó y me trozó la retina. Mira —dijo el Borja, alzando el parche que cubría su ojo.

—¡Pero sí tienes el globo ocular!

—Claro, pero sin retina vale pura chingada. Por eso utilizo el parche, para apantallar.

—¿A poco no se ve bien gandalla este cabrón? —dijo Tulio señalando al mesero los vasos vacíos de la mesa—. Te digo que cuando esos bueyes nos vean así vestidos van a pensar que conseguiste un par de agentes de la Pinkerton para cuidarte.

El mesero llegó con el nuevo pedido y el Borja volvió a sorber de su cuba.

—Chantaje —dijo.

La palabra rebotó sobre la mesa, cayó por el piso lustrado con cera y se fue a meter bajo la falda de una anciana que en el rincón tomaba a sorbos una sopa de zanahoria.

—Chantaje —volvió a oírse la palabra y Antonio maldijo al tipo del parche en el ojo que había osado transgredir la ley de mencionar la soga en casa del ahorcado. El blasfemo tomaba otro sorbo de su cuba para luego encender su pipa no sin antes golpearla contra la formica de la mesa hasta despedir la ceniza.

—No hay de otra —continúo—. Te quieren aislado para trabajarte, por eso llaman a Tulio recitándole esas pinches estadísticas y así evitar que te ayude.

Se detuvo. Observó la ceniza anidada al fondo de su pipa que se rehusaba a encender del todo. Dio otro sorbo a su bebida, ladeó el rostro y ofreció su perfil, desfigurado por el parche negro, como si este fuera un lunar gigantesco apenas arriba del pómulo.

—Dices que ayer te fueron a buscar —continúo Borja.

—Sí, pinche susto.

—No creo que sean los mismos. Puedo apostar que eran judiciales.

—¿Crees? —preguntó Tulio, ordenando otro vodka.

Una mosca pasó volando hacia el techo, perdiéndose en la inmensidad del cielo raso.

—Claro. Al gobierno no le conviene dejar pasar ningún día sin que aparezca una noticia de que agarraron narcos, cargamentos, pistas clandestinas, cosas así. Tú serías una caza menor, pero valiosa, porque al gobierno le conviene mantener el juego. ¿Cuándo se ha visto que los meros grandes caigan? Nunca. Esos están bien protegidos, porque si caen se chingan varios gobernadores y diputados y algunos que trabajan ahí por Bucareli.

—Bueno, eso por sabido se calla, es punto muerto —dijo Tulio, buscando de nuevo al mesero para exigir el vodka que faltaba en su vaso—. Todo el país lo sabe, el pedo es cómo zafar a Toñín de ésta, en concreto.

—Pues yo opino que a Toñín no lo van a soltar. Lo usarán en algo, luego lo chingan y adiós, a llevarle flores a sus despojos.

—Ahora veamos cuáles son sus cartas para lograrlo —insistió Tulio—. Simplemente una película donde el Toñín se sacude la verga frente a un televisor en un cuarto de hotel que consideran le puede afectar si es dada a conocer.

—Sí, correcto, esto es lo que quieren usar como chantaje, pero su recurso se me hace muy mamonezco, casi medio pendejón.

—Pero chantaje al fin y al cabo —intervino Antonio.

—Claro, siempre y cuando exista tal película —respondió Borja—. Se me hace una forma muy tarada de enganchar a alguien. Por eso pienso que a Toño, bajo el pretexto de que tienen filmado la forma en que se la menea, lo van a usar en algo más gordo. Y cuando ya no les sirva lo entregan a los judas y estos se paran el cuello diciendo que agarraron a un cabrón que además de narco es degenerado, etcétera.

—Pero si ni hice nada, solo me agarré el pito y vi la tele.

—Por eso mismo creo que están pendejos al quererte agarrar por ese lado.

—Tiene razón el Borja —intervino Tulio—. Por algo te fueron a buscar anoche. Vieron que serías difícil de convencer y prefirieron entregarte a los judas a cambio de algún favor especial.

—No mamen. ¿Y de qué me van a acusar? De nada.

—Cómo de nada, cabrón —dijo Tulio—. ¿Y todo lo que pasó en Tijuana?

—Ahí está el pedo —comento Borja—. Es de lo que nos interesa que salgas limpio, que no te revienten, mano.

—¿Y qué sugieren? ¿Que vayamos, les partamos la madre, les quitemos la película si es que existe y ya? —preguntó un Antonio irónico, molesto por el calor de la tarde y la mosca que continuaba su viaje por el cielo raso.

—Pues fíjate que algo así estaría de pelos —respondió Borja, terminando su cuba con un último sorbo.

Silencio.

—No salgas del hotel —dijo Tulio—. Nosotros ya no vendremos. Si nos ponen cola descubren dónde estás y se chinga el asunto.

—Hay una forma de protegerte. Alguien vendrá a buscarte esta noche. Cuéntale todo. Es de confianza —dijo el Borja, ajustando su parche.

CATORCE

Antes de irse, Borja le entregó a Antonio algunos billetes con los que pagó el importe de una habitación. Ofreció el mismo nombre del anterior ocupante y subió a disfrutar de su nuevo cuarto, con una cama limpia, el piso libre de condones y un ligero aroma de higiene. Sintiéndose más tranquilo, tomó el teléfono y decidido marcó el número de su propia oficina. Luego del tono de llamada, una voz que no reconoció como la de Matilde, su eterna secretaria, le contestó.

—¿Disculpe, es la oficina del licenciado Zepeda? —preguntó.

—Así es, pero en este momento no se encuentra —respondió la misma voz sin que Antonio supiera de quién se trataba.

Sintió extrañeza. Era como si alguien (o acaso él mismo) de su mismo nombre y apellido estuviera en ese momento tras su escritorio, rodeado de sus archiveros, y observando la foto donde su hija vestida de futbolista sonreía a la cámara.

—¿Señor, puedo servirle en algo o gusta dejar algún recado? —dijo la voz a través de la bocina.

—Perdón, ¿con quién hablo? —preguntó Antonio, intrigado, intentando ubicar aquella voz sin conseguirlo.

Su pregunta fue contestada de la misma forma en un estúpido juego de acertijos.

—¿Con quién desea hablar, señor?

—¿Cómo con quién?. Con Matilde, mi secretaria. Habla el licenciado Zepeda.

—¡Ah, es usted licenciado! —exclamó la voz—. Soy Julieta, su nueva secretaria.

Claro, pensó Antonio, cómo no se le había ocurrido. A esa hora todo el mundo había cambiado. Él tenía ya otro nombre, otro miedo, otra secretaria de nombre Julieta que lentamente fue recordando; pelo rubio, ensortijado, mechón platinado cayendo sobre su frente, eternamente sentada tres escritorios adelante de la máquina fotocopiadora.

—¿A poco no sabe, licenciado?

—¿No sé qué cosa? —preguntó Antonio, con su capacidad de aceptar en ese momento el fin del mundo como algo posible de ocurrir en los siguientes segundos.

—Se trata de Matilde. ¡Ay, fue horrible!

—¿De qué habla, explíquese que no le entiendo un carajo y además no le escucho bien?

—Fue espantoso, es-pan-to-so, la encontraron muerta en un hotel.

—¿Por el Metro Revolución? —preguntó Antonio arrepintiéndose de inmediato.

—Sí, cómo lo sabe. ¿Bueno, bueno, licenciado Zepeda?

Antonio colgó la bocina justo cuando el silencio llegaba de nuevo a brincar por sus neuronas, acompañado de un fuerte dolor en el pecho y un zumbido que iniciaba su caminar por las encías. Pronto habría de entrar a sus dientes, los destrozaría. En unos instantes más estaría gritando.

QUINCE

Algunas horas habían pasado desde que hablara a su oficina y se enterara de la muerte de Matilde.

El dolor en sus dientes había seguido su curso. En el cuarto de baño revisó su dentadura, enjuagó su boca infinitas veces tratando de mantenerla fresca, pero el dolor en las encías y las muelas cariadas se mantenía aferrado a no darle descanso.

En aquel momento, un timbre de teléfono era capaz de desencadenar una explosión en su oído y dejarlo sangrando con su reguero de sonidos por la habitación. Fue exacto lo que sucedió cuando sonó el aparato. Al contestar, la voz del jalisciense encargado de la recepción le informó que una joven le buscaba.

—¿Quién es? —preguntó.

—No sé —contestó el bigotón—. Pero ahí va pa' arriba.

Era bonita, blanca, risueña y de ojos pequeños. El pelo corto y castaño. La blusa de poliéster apuntalaba unos senos que Antonio adivinó pequeños y firmes. Su saco lo descansaba sobre el bolso y su falda permitía ver el nacimiento de unas piernas delgadas, estilizadas.

…tus brazos la cubren de inmediato. Su piel es cálida, agradable, podrías incluso jurar que no has conocido una piel tan sabrosa al tacto. Tiras del primer botón de la blusa y encuentras el brasier color beige envolviendo esa carne que huele a mujer de treinta y tantos años. Te detienes, observando con angustia el nacimiento de sus senos, la curva donde se juntan, los lunares sobre el pecho, los minúsculos vellos que brillan en la piel de su espalda luego de retirar por completo la blusa. Besas su cuello, te acaricia, algo musita en tu oído, probablemente dirá que te ama…

—¿Puedo pasar?

…¡Puta madre, Toño! Disimula la emoción de estar ante una mujer. Anda hazte a un lado, cabrón, ¿que no oyes?…

—Con permiso —dijo la joven, utilizando aquella sonrisa que Antonio pensó era capaz de perderle—. Soy Carmen Otamendi, trabajo para un canal de televisión por cable.

Antonio continuaba aturdido.

—Es decir, soy periodista —continúo la joven—. Borja me dijo que necesitas cubrirte.

«Pero con tu cuerpo, mamacita», pensó Antonio cuando la miró dejar su bolso sobre la cama y sacar una grabadora diminuta.

—Estoy lista.

…ojalá lo estuvieras para mí, sabes, aquí tenemos una hermosa y antigua tina de baño, perfecta para un par de cuerpos enjabonándose mutuamente. Y acá de este lado tenemos una cama limpia que como yo te habrá de recibir con todos los honores que mereces…

Sus manos sudaban, sudaban.

—¿Comenzamos? —preguntó la joven y Antonio inició el relato de su desventura.

Hora y media después, Carmen sabía toda su historia, su sufrimiento, sus avatares por quienes le perseguían. Fotografió su cara, su cuerpo sentado en la ridícula e incómoda silla del cuarto 110 en el hotel Roosevelt.

Al terminar, el rollo de película junto con el *cassette* conteniendo la grabación fueron a parar a un sobre color manila que sería depositado en la caja fuerte del hotel. El trato era que solo ellos podrían recogerlo y abrirlo, dependiendo del curso que siguiera aquella historia.

Mientras ocurría la entrevista, Antonio pudo comprobar que las piernas de la periodista eran fuertes, jóvenes. Tenía la edad, el cuerpo, los senos, las manos que tanto había buscado en una mujer. Y luego estaban esos labios, esos ojos que se deshacían tras el humo de sus Baronet.

Antonio no paraba de sudar. Era ya demasiado tiempo sin sentir el peso de una mujer sobre su sexo.

—¿No es muy tarde para que andes a estas horas?

—Es mi trabajo —respondió Carmen—. Mis mejores notas ocurren a media noche. Además, Borja me dijo que te echara la mano en lo que necesitaras.

—¿En todo?

—Sí.

«…ven, dame un beso… hagamos el amor…»

DIECISÉIS

Las corazonadas son fatales. Capaces de dar sorpresas indeseables, divorcios, periodistas de medianoche y hasta mujeres muertas. Sin embargo, nadie resiste enfrentarlas, ir a su encuentro, morder su costra, su pasmosa certeza de que el *quid* siempre estuvo enfrente, sin advertirlo.

Antonio fumaba en silencio mientras Carmen conducía su Caribe por la avenida de los Insurgentes. Ambos se limitaban a escuchar el rumor del tránsito que a esa hora hacía impensables los millones de gente arracimada, viviendo en y de esa ciudad.

Antonio pensaba que su corazonada tenía forma y sexo. Se trataba de una mujer cuarentona que según el periódico de la tarde había sido encontrada en el cuarto 208 del hotel Diligencias, el mismo sitio donde alguien filmara sus pobres intentos de masturbación.

La nota agregaba que la mujer estaba desnuda, tirada sobre el piso y su sangre toda fugada por las venas.

Como todo suicidio, el toque romántico lo daba la pasional nota sobre el buró donde pedía que a nadie se culpara de su muerte.

Ni madres, pensó Antonio. No podía concebir a Matilde jugando al papel de mujer pasional y suicida. Tres años de conocerla la mostraban como una mujer calculadora, nada tendiente a los sentimentalismos, mucho menos a los que orillaban al suicidio.

Su corazonada le mostraba a Matilde como la única persona que podía saber acerca de los misteriosos recados enviados por el equipo contrario. Todos y cada uno habían pasado por sus manos, entregados puntualmente, sin falla.

Carmen continuó el rodar del auto hasta la avenida Juárez. Antes de llegar al edificio se detuvo. Ocultos, desde el interior, buscaron en la calle oscura algún indicio que les obligara a huir y no tener que salir del auto, mucho menos separarse. Que se fueran a la mierda los suicidios y los presagios.

Era tarde.

No había forma de rechazar el avance.

Los «otros» habían sido capaces de abrirle el cuello a Nick; de «suicidar» a una humilde secretaria; de perseguir a un pobre diablo de dientes adoloridos.

Antonio respiró profundo y decidido salió del auto. Alzó el cuello de su chamarra como había visto hacer a Mel Gibson y se sintió ridículo, enfadado. Quería tener el poder de deshacer cada instante anterior, desde que abandonara el auto, para reconstruirlo y simplemente salir, sin ningún movimiento extra, si acaso apagar el cigarro arrojándolo a un charco grasoso que reflejaba la luz mercurial.

A mitad de la calle, Antonio permaneció contemplando el edificio. Tenía miedo, el sudor de sus manos se lo confirmaba al inundarlas y provocar que inmensos surtidores anegaran las bolsas de la chamarra, escurriendo hacia afuera, empapando sus piernas. Estaba mojado, igual que todo el lugar, su pelo, sus dientes, y hasta la noche olían a sudor, a miedo, a agua deslavada.

—Suerte —escuchó a la periodista musitar al momento de rebasarle con la Caribe, dispuesta a ser la reina de la sombra de todas aquellas calles. Antonio adivinó su pelo castaño, su cuello suave volteando, atenta al posible peligro. Confiaba en ella, era precavida además de valiente, algo bastante dudoso en su propio caso.

El auto de Carmen se perdió en la esquina. Habían acordado que ella estaría dando vueltas a la manzana, haciendo tiempo, hasta encontrarle… Si es que acaso regresaba.

Al llegar al edificio, Antonio entró por el hueco de la cortina metálica que llevaba al estacionamiento. Al cruzarla, se detuvo esperando alguna reacción, una llamada preventiva que le ordenara regresar, detenerse, Propiedad Privada, ¡Largo…!

Nada.

Estaba solo.

¿Solo?

Mala suerte. Una gárgola mohosa había estado esperando pacientemente por él toda la noche. Ahora estaba ahí, enfrente, atacándole con un zarpazo que buscaba herir de muerte, logrando arrancarle los labios y parte de los ojos. El resto de su cara había quedado en jirones, cartílagos y menudencias que goteaban al piso.

...continúas con dificultad, cegado por ese brillo de espadas que te persiguen esperando un movimiento en falso para ensartarte, tropiezas, has perdido. Una daga toca tu espalda mientras un sable se divierte cruzando tus riñones, buscando el camino más corto hacia tu estómago, un veneno entra preciso, tu sistema se paraliza, tal muerte sería una mezcla de asombro y felicidad de no ser por tus manos que sudan inundando el cuerpo...

El estacionamiento huele a grasa, a humedad y ratas. De alguna parte llega una música norteña que habla de ilusiones pasajeras, desconsoladas.

Antonio caminó ocultándose entre los autos hasta llegar al ascensor.

Cerrado.

Continuó su recorrido bordeando el cubo de concreto y encontró la caseta donde Jimeno, el velador, dormitaba.

—Buenas noches —saludó Antonio en voz baja, y vio el cuerpo del anciano moverse envuelto en su cobija a cuadros y rayas que lo cubría, reclinado como estaba en su silla contra la pared.

La música triste provenía de un radio de transistores. Un foco pequeño y sucio iluminaba la imagen de San Aparicio, que por ofrenda tenía un vaso con flores de plástico y una alcancía de yeso con la figura de Blue Demon.

El velador despertó y con un movimiento de su pierna contra el piso regresó la silla a su posición normal. Bajó el volumen del radio donde surgía la música de lágrimas y despedidas.

—¡Licenciado Zepeda! ¿Qué hace aquí?

—Don Jimeno, necesito un favor.

—Si puedo... con gusto. Uta, me cae que nos tenía con pendiente. Ayer, como a esta hora, vinieron unos cuates con facha de tira. Preguntaron por usted. ¿Anda metido en broncas?

Aquel dato no agregaba nada nuevo, solo confirmaba lo ya presentido; los judiciales andaban tras él; un pinche gerente de seguros con oficina ubicada hacia una avenida amplia y arbolada. Tal interés por su persona no estaba mal para tener apenas treinta y cuatro años, pensó.

—Necesito entrar a mi oficina, sabe, necesito algunas cosas.

Don Jimeno se puso de pie y buscó el paquete de cigarrillos en la repisa donde el Blue Demon mostraba su sonrisa triunfal.

Cubrió su espalda con la cobija a cuadros y salió de la caseta cerrando la puerta con un movimiento de su pie.

Antonio lo siguió. Ignoraron el ascensor y subieron por las escaleras que estaban iluminadas con una débil luz azul. En ellas escucharon pasos que lograron reanudar su nerviosismo, su no soportar ninguna pisada extraña, desconocida.

—No se preocupe, es Nicolás, el muchacho que me ayuda en el turno de noche, anda en su ronda.

Subieron las escaleras. En el primer piso tomaron el ascensor.

—Es por seguridad, sabe, la caja del elevador no hace parada en el sótano por las noches —explicó don Jimeno y Antonio lo escuchó sin dejar de observar las luces indicando el nivel de ascenso, hasta detenerse en el séptimo piso.

La puerta se abrió. Ambos quedaron estáticos en ese pasillo tantas veces caminado por un Antonio vestido de corbata y portafolio. Tan diferente a su ropa que olía a sudor.

—Gracias, don Jimeno. Espéreme aquí, no tardo —dijo Antonio evitando mostrar su miedo, buscando que el anciano se convirtiera en su ángel guardián, le cuidara de las gárgolas, de los sables, de su propia sombra.

—Lo siento, no puedo descuidar el estacionamiento. Mejor lo espero en la caseta.

Antonio miró al anciano regresar al elevador.

Cuando la puerta se cerró, entró al área de la Compañía. Conocía el terreno, por eso no vaciló en ir hasta el escritorio que tanto le interesaba.

Sobre la superficie del mismo, nuevos fetiches y aditamentos habían llegado. La tal Julieta había reemplazado a Matilde con suma eficacia, las mismas manías de flores disecadas bajo el pesado cristal, un florero de porcelana barata, fotos de óvalo donde el rostro de un amor truncado se mostraba sonriente al lado de la invariable postal de un suspirado viaje a Disneylandia. Todo igual y a la vez tan diferente.

¿Acaso habían tirado también el contenido de los cajones? ¿Quiénes? ¿Los agentes que mencionara don Jimeno?

Frenético, comenzó a revisar. Encontró papeles, fólders, clips, dulces de malvavisco, varios Tampax y un tejido que con el tiempo se convertiría en algo parecido a un suéter.

En el siguiente cajón encontró sobres para correspondencia y los sellos de la Compañía. Nada de lo que pensaba encontrar. A todo esto, ¿qué diablos era lo que buscaba?

Nada. Completamente nada. Simplemente un indicio que le confirmara la corazonada de que Matilde había tenido que ver con los anónimos. Y si de corazonadas se trataba, ese era el momento justo para otro encuentro donde volvería a mascar la costra gelatinosa y rancia, el caparazón de la duda a punto de ser resuelta.

Antonio decidió olvidar el escritorio con todo y sus fetiches y… ¡Cómo no haberlo pensado antes! Tal vez Matilde había considerado que el pendejo del licenciado jamás se le ocurriría buscar en su propia oficina.

Todo estaba igual a su última estancia.

Atravesó la habitación y fue hasta la ventana desde donde pudo ver el auto de Carmen, circulando lentamente siete pisos más abajo, sobre el pavimento aceitoso.

Usando la terrible lógica de que era capaz a esa hora de la noche, Antonio consideró que el lugar más indicado para guardar «algo» era el archivo, solo que existía un contratiempo: él mismo. ¡Vaya con el Mel Gibson nacido en Azcapotzalco! No tenía llaves, ni ganzúa, ni conocía el mecanismo que le permitiera abrir la cerradura del archivero, por eso, decidió arrojarlo al piso esperando que se abriera como resultado del golpe y…

Quizá fuera la casualidad o que la suerte siempre ayuda a los pendejos, el caso fue que golpear el archivero contra el piso funcionó. Los papeles salieron desparramados, abortados de sus fólders, en un fiero desorden difícil de prever.

Inició la búsqueda. Decenas de fólders —semejantes en color— pasaron por sus manos, como en esas caricaturas donde el decorado se repetía interminable.

Fastidio.

Antonio hubiera querido desesperarse, gritar, pero la corazonada de que tenía razón, de que lograría encontrar algo lo hizo continuar. En ese momento sus manos dieron con una carpeta conteniendo más recados, más sobres.

Antonio no pudo detenerse a saborear el triunfo porque en ese momento escuchó los pasos de alguien que se acercaba.

DIECISIETE

Su primera reacción fue preocuparse, aunque albergaba la idea de que fuera el velador quien escuchara el ruido del gavetero al caer y fuera a investigar pero, ¿y si no lo era? ¿Y si se trataba de sus perseguidores? ¿Cuántos eran? ¿Uno? ¿Treinta y cinco? ¿Media docena?

Sintió cómo su carne iba tomando una consistencia de agua y rozadura. Se sintió perseguido, aquella terrosa sensación había vuelto, atacaba sus dientes, provocaba el sudor en sus manos. Habían vuelto los monstruos que mascarían su sangre, que sorberían sus miedos, toditos, todos, todo.

Antonio metió los sobres encontrados en la bolsa interior de su chamarra, apagó la luz y se dispuso a esperar.

Escuchó. Los pasos en el corredor no eran de don Jimeno, tampoco parecían del joven que le ayudaba en la vigilancia. No. Eran pasos certeros, tenían el peso de quien acorrala.

Solo quedaban dos opciones, pensó.

Una era lanzarse por la ventana.

La otra, buscar una silla donde sentarse a redactar su última voluntad antes que el extraño se acercara y le obligara a escribir una nota donde explicara que debido a la tristeza provocada por el suicidio de su bien amada secretaria Matilde, había decidido poner fin a esa vida triste y vacía, atentamente, licenciado Antonio Zepeda, registro federal de causantes número tal, no se culpe a nadie de mi muerte…

Los pasos continuaban. Terminaban de subir la escalera de emergencia y avanzaban hacia la oficina, donde Antonio seguía decidiendo entre la comodidad de la silla o el salto por la ventana, o tal vez esconderse y atacar.

Kalimán siempre decía que la mejor defensa era el ataque, ¿por qué no hacerle caso?. Sobre todo cuando descubrió que en un ángulo de la oficina estaba el arma secreta y mortífera con que podía intentar la derrota del enemigo; una cafetera rebosante de agua hirviendo.

El atacante estaba cerca, iba a entrar, breves segundos cortaban el momento, lo aniquilaban, lo hacían interminable. Fue cuando el enemigo cruzó la puerta y se detuvo buscando el olor de la presa, el rastro, la mínima señal, mientras en silencio, Antonio aguardaba contando el clásico uno-dos-tres, para luego arrojar decidido el contenido de aquella cafetera justo a su cara y oírlo gritar, llevarse las manos a la cara, caer girando, golpeándose con los muebles.

Aun en lo oscuro, Antonio podía percibir su piel roja, inflamada, las ampollas iniciando su consabido juego de piel rellena de agua. Para rematar el espectáculo, Antonio tomó una engrapadora del escritorio y aprovechando su ventaja golpeó al hombre en la cabeza. Lo adivinó caer sin sentido mientras corría atravesando el pasillo, buscando el ascensor.

Llegó al marco y oprimió el botón. El cubo inició su rutina lenta de subir desde el primer piso.

Sufría de pensar que alguien lo abordara en un piso intermedio, tal vez aquel tipo no iba solo. Debía idear otro plan para actuar en caso que se presentara la disyuntiva.

Observó la escalera. A cualquier indicio de peligro correría a ella, se lanzaría de cabeza sobre los escalones y en segundos habría recorrido los siete pisos, aunque tal vez no fuera necesario: el elevador llegó directamente desde las profundidades del averno y Antonio miró cómo la puerta se abría asomando el cañón de una pistola apuntando justo a su frente.

DIECIOCHO

—¡No mame, don Jimeno! ¡Baje esa chingadera! —gritó Antonio al reconocer al huesudo viejo que impasible fumaba su Delicado sin filtro, mientras le apuntaba directo a la frente con aquella pistola.

Logró sentir cómo su cabeza estallaba, cómo la materia gris y oscura de su interior mojaba las paredes cercanas.

—Escuché un ruido y a como han estado las cosas... —dijo el anciano bajando el arma.

—Se me cayó una cafetera —intentó explicar Antonio.

¿Cómo explicarle que en el séptimo piso de la Compañía Inglesa de Seguros alguien se revolcaba con la cara desfigurada por agua hirviente? ¿O sería su compañero de vigilancia?

Vale madre, pensó Antonio. Lo primero que necesitaba era salir de aquella ratonera, llamada elevador, donde descendía.

—Gacho lo de su secretaria, ¿verdad? Mire que suicidarse —dijo don Jimeno, uniendo sus palabras al deslizar preciso de la caja del elevador.

—Aparte de los tiras, ¿alguien más me buscó?

—No, que yo sepa —respondió don Jimeno que volvió a insistir sobre la secretaria que se «había desangrado de las venas por motivos pasionales.»

—Me *cai* que sentí regacho cuando lo supe. Pobre muchacha, justo cuando se iba a ir de vacaciones.

Antonio sintió el cuerpo recorrido por telarañas eléctricas que relampaguearon al golpear con su nuca, la cual estalló en fosforescencias haciéndole preguntar con un interés casi animal.

—¿A dónde?

—A España. Decía que tenía parientes allá, o un novio, no recuerdo bien.

El elevador tocó piso. La puerta se abrió dejándolos en la planta baja y bajaron hasta el sótano por las escaleras. Caminaron por la estrecha banqueta del estacionamiento que permanecía iluminado en claroscuro por la luz fría proveniente de la caseta de vigilancia.

Su corazón cabalgaba por veredas extensas y salvajes. Debía darse prisa o el tipo de allá arriba sería capaz de resucitar, implantarse unos ojos nuevos y habría de seguirle para rasgar sus entrañas, mascar sus vísceras grasosas y babeantes.

—Mire, licenciado. Le presento a Nicolás. Si necesita algo, también con él. Es el chavo que le digo me ayuda con la vigilancia.

Antonio se alegró por haber usado la cafetera.

—Así que usted es el perseguido —dijo el joven con acento del sureste.

—Así es —respondió Antonio y comenzó a buscar el hueco por dónde pasar y salir a la calle—. Ahí nos vemos.

Sin voltear, Antonio atravesó el patio, llegó hasta la cortina metálica, arqueó la espalda por el hueco, pasó sus piernas, el cuello... Estaba libre, pisando una banqueta cubierta por esa mezcla oscura de polvo y basura citadina. Algunos cartones volaban por el aire que corría, haciendo que las nubes en el cielo se juntaran en conferencia cabrona para dejar caer chisguetes de pus sobre los chilangos. Esa noche habría inundaciones, pensó, casas destrozadas, muertes, desaparecidos, muebles llevados por torrentes broncos nacidos en las barrancas de Iztapalapa, bordes rebasados, desgajamientos en Chalco, ahogados en Chimalhuacán... Las nubes seguían juntándose, cubriendo la luna que intentaba asomarse. Antonio se vio caminando, evitando los arbotantes para no ser blanco de una pistola sabiamente entrenada en lides que databan de siglos anteriores, cuando los pistoleros siderales iniciaban el diseño de esa raza especial de asesinos inescrutables, asesinos nigromantes, asesinos geriátricos, asesinos tuyos, míos, siluetas amorfas buscando herir, zafar la vida de ese lugar, de ese minuto donde esperaba encontrar el auto de su salvadora y solo percibía el movimiento del aire, el olor verdoso y húmedo de la muerte desprenderse de un recodo. ¡Lo habían visto! Alguien lo seguía. Antonio se vio de pronto corriendo, intentando compaginar la calma con la paranoia del perseguido, planeando cada movimiento, cada músculo, a fin de tener presente cada tramo de su piel que desplazaba en esa calle oscura, lloviznada, protegida por las nubes apretándose, chocando cerca, zumbando como calcetines sudorosos lanzados a través de una habitación oscura y pegajosa, tan desorientada como su enemigo que le seguía más por inercia que por gusto profesional, acaso esperaba ver salir triunfante a su compañero y no a alguien tan miedoso y solo como Antonio, complemento ideal para un duelo de fantasmas sin ánimo de enfrentamiento, desgastados, esperando una oportunidad mejor, otro coliseo donde desangrarse, pensó al reconocer a Gustavín, el encargado de aquel yonke en Tijuana, quien no hizo ningún intento por detenerlo al ver el auto de Carmen doblar la esquina.

Subió y volteó de inmediato; nadie los perseguía. Carmen podía divertirse metiendo velocidades al pequeño auto, y acelerar al mismo ritmo con que Antonio comenzaba a amarla en secreto bajo la certeza de la derrota y de esa noche lluviosa y feroz donde no podía haber augurio feliz para un amor fortuito.

DIECINUEVE

Tony:

Tengo un almuerzo con el equipo de reporteros. Regreso tarde.
Si sales, deja recado para saber dónde localizarte. Cuídate.

Carmen

P.D. Conste que acepté tu invitación de ir al fut el sábado. Chao.

Tres besos.

VEINTE

Efectivamente, Carmen llegó tarde, pero sin dejar de sonreír. Traía el blazer cruzado sobre su brazo y cargaba una bolsa de comestibles para una cena fría.

Había pasado a la Imperial de avenida Insurgentes y comprado untables, algunas latas, empanadas de atún y queso, aceitunas y hasta un paquete de Delicados rubios.

Por lo demás, Antonio jamás la imaginó una experta cervecera tanto como podían serlo Nick o Tulio.

Le resultaba extraño, deslumbrante, encantador ver a Carmen platicar de su gusto por la Moosehead canadiense, la Sapporo o la Dortmunder Union o la Red Stripe de Jamaica.

¿Y qué tal la Stroh's o la Molson Golden o la Kirin?

¿Y la Herman Josephs o la Becks alemana?

¿Y la Saint Pauli Girl o el envase de la Tsing Tsao de China o la curiosa etiqueta de la Henry Weinhard o el sabor amargo y terroso de la Carisberd?

—Y a todo esto, ¿cuál es tu preferida? —preguntó y Carmen fue a la cocina, mostrando el suave movimiento de su cadera hasta volver con un *six-pack* de Carta Blanca.

—Es mi preferida para ver la tele —dijo, y aquello fue una de las pocas cosas que Antonio habría de recordar de esa noche. Todo lo demás iría enlazado con imágenes sobrepuestas a su perfil iluminado por el tinte azul del televisor, su rostro surcado de ligeras sombras por los cabellos que bajaban a su frente. No podía negarlo, Carmen le gustaba y lo entendía con la certeza del animal herido, del desahuciado en amores quien comprendía que jamás habría de arrimar otra piel a su carne solitaria, almendro, martirio, cavidad…

La noche llovía.

La noche llueve se llamaría la película, pensó Antonio. Iniciaría con un *close up* de Carmen, luego de una cena fría bajo una tormenta que presagiaba caimanes y lobos deambulando por los periféricos.

Carmen tomaba su mano.

Sonreía.

Sonreía.

Sonreía.

Sonreía.

Se acercaba, iniciaba un ligero morder de labios, avanzaban, arrimaban el cuerpo, terminaban recostados sobre el sillón que cooperaba sin hacer molestos ruidos. Luego, ella se disculpaba para apagar el cigarro y Antonio la miraría incorporarse buscando el cenicero, mientras el escorzo de su cuerpo estiraba la blusa, dejando lucir el diseño del brasier, el encaje cubriendo la comba de los senos, su cuello a medio girar, tan cerca de Antonio que buscaría apagar la lámpara y Carmen le detendría pues era su casa, su *loveseat,* sus gustos, sus ojos, sus manos bajando por su espalda, sus labios, sus senos suaves conforme las ropas se iban deshaciendo...

He ahí la desgracia de los cuerpos, de los amores intocados que no se atreven a decir su urgencia.

Antonio descansaba sobre el sillón. Sentía la cabeza pesada, cayendo, nublándose. Carmen apagó el televisor y antes de ir a su recámara murmuró un «Buenas noches» que hizo a Antonio soñar con ángeles y tormentas y abismos y luces y un silencio resbalando sereno sobre su piel.

VEINTIUNO

Sabía que era tiempo de corresponder, por tal motivo llamó al Dúo Económico desde la casa de Carmen. Consideraba que pagando una comida era suficiente.

Como lo esperaba, Tulio y Borja aceptaron, pasaron por él en el Volkswagen y se lanzaron rumbo Norte hasta la colonia Guerrero donde La Hija de Moctezuma se mostraba como un restaurante lo suficientemente alejado del Centro para pasar inadvertidos y, además, según Tulio, ahí se comía bien.

Cuando llegaron, la hora fuerte de los comensales había pasado. Eligieron una de las mesas cubiertas con manteles gruesos y servilletas color pastel.

El restaurante era amplio, ventilado. Tenía un pequeño foro donde Los Trovadores de América intentaban ponerle ritmo a la tarde.

Un mesero de camisa impolutamente blanca y corbata de moño les entregó la carta y se alejó, abandonando a su suerte al trío de neuróticos treintañeros que buscaban comer y pasar la tarde.

Era un sitio caro y aquello lo sabía Antonio tan solo al observar la decoración del lugar, los platillos que ofrecía la carta, el ambiente.

Vale madre, pensó. Podía permitirse eso y más gracias a los sobres encontrados en su oficina. No solo había anónimos, también una gran cantidad de dinero que tal vez eran para los gastos que Matilde necesitara realizar o acaso era su pago, porque la cantidad era endemoniadamente alta.

—¿Seguro que no quedamos empeñados? —preguntó Tulio, goloso, repasando la lista de platillos.

Por su parte, Borja miraba a un Antonio franco y feliz de poder invitar la comida, despreocupado de nada que fuera la habitual paranoia urbana.

—Para no fallar voy a pedir una carne a la tampiqueña con un chingo de piña —dijo Tulio, terminando de acomodar su silla y observando a Borja que seguía sin decidirse.

Quizá ninguno quería fallar, ni en ese momento ni en los días siguientes, acaso por ello pidieron tres carnes a la tampiqueña.

Eran un buen equipo. Incluso el mesero no tenía que esforzarse, cualquier cosa solicitada era por triplicado; buscaba ganar la propina uniéndose a ese juego de comensales biliosos y desvelados.

Mientras comían, el Dúo Económico volvió a recriminarle —igual que lo habían hecho durante el camino— haber desperdiciado ese magnífico coctel formado por Carmen, la noche lloviendo, él con su aire de desvalido y todo reunido apropiadamente en un departamento, sin que sucediera nada que no fuera platicar de marcas de cerveza y luego dormir sanamente en un incómodo sofá.

—Eres un pendejo —dijo Tulio—. ¿Cómo dejaste escapar ese «mueblecito»?

Las Bohemias completamente heladas ayudaban a olvidar la carne tampiqueña y a eliminar el sabor agarroso de la piña en el paladar, mientras el reloj hacía trastabillar el tiempo y el mesero entraba en acción retirando los platos vacíos.

Antonio aprovechó el espacio formado sobre la mesa y sacó de su chamarra los sobres conteniendo los anónimos, justo en el momento que una joven vestida de negro hizo su aparición en el restaurante, acompañada de tres hombres. La misma combinación que ellos hubieran formado de encontrarse ahí Carmen. Sin embargo, estaban solos, rumiando la cerveza y el calor de la tarde.

Antonio acompañó con la vista el movimiento de cintura de la mujer hasta que ésta llegó a una mesa al fondo del bar y tomó asiento junto con sus tres acompañantes.

Tulio y Borja bromeaban sobre los anónimos encontrados. Sonreían. Era un buen equipo volvió a pensar Antonio. Incluso le habían comprado una pipa que Tulio llevaba envuelta en una bolsa de papel chillante. Aquel oscuro trozo de madera nueva y labrada se la entregaron junto con un paquete de tabaco Mapleton.

—Así estamos parejos, carnal —dijo Borja, y los tres sonrieron al encenderlas para dedicarse a sorber alegremente el humo del tabaco a través de las cañas, inundando su alrededor de neblina, como una antigua tribu de comanches dándole gusto al calumet de la paz.

—Ya lo dijo San Cuco Sánchez: «Si me han de apañar mañana, me la fumo de una vez.»

Antonio comprendió que estaba sonriendo como hacía tiempo no lo lograba. ¿Era el tabaco o la cerveza? ¿La sensación placentera y temporal de sentirse a salvo?

Borja dio un sorbo intenso a su pipa y se acomodó sobre la mensa en un gesto que intentaba ser de Bogart y quedaba en Errol Flynn.

—Todo encaja —dijo.

—En tu lomo —intervino Tulio, oculto tras su particular nube de humo. Borja continuó sin prestar atención al albur lanzado por Tulio. Tomó los sobres de la mesa.

—Estos eran los mensajes siguientes: «Lamentamos informarle que su video está en manos de quien no debiera. ¿Quiere saber cómo recuperarlo?» Luego sigue éste donde descaradamente se te obliga a trabajar con ellos:

Acuda este sábado a la TAPO.

A las 16:00 PM alquile un lócker de viajero.

Deje dentro una maleta mediana.

En la taquilla de Estrella Roja compre dos boletos directos a Puebla para la corrida del domingo a las 13 PM.

Atención. Pida los números de asientos 3 y 4.

En la fuente de sodas de la misma línea, compre una Coca Cola de lata. Tómela despacio. Cuando termine, en una servilleta de papel envuelva la llave del lócker y los boletos.

Meta ambas cosas discretamente en el envase vacío de Coca Cola y déjelo en el basurero de la misma fuente de sodas.

Salga de la estación sin ningún movimiento sospechoso.

Recuerde: estará vigilado todo el tiempo.

Tulio pidió más cerveza y el mesero acudió solícito, retiró los envases vacíos, reemplazó el cenicero y comentó algo sobre la sed que provocan los días de abril para luego alejarse sonriente, previendo la generosa propina.

—¿Y los otros? —preguntó Tulio, quien mantenía su atención en los resquicios de desnudez que dejaban entrever los movimientos de piernas que constantemente hacía la chica de falda negra, que al fondo del bar, seguía resguardada por el trío de tipos duros.

—Aquí hay un mensaje que alguien te debía pasar por teléfono —comentó Borja—. Dice: «Con voz camuflada llamar a su casa». Luego está tu número de teléfono y más abajo el recado:

A las 12 AM debe recoger un paquete en el lócker que alquiló ayer. La llave la encontrará sobre el mueble de los medidores de luz de su edificio.

Instrucciones: Tome la maleta. Salga del pasillo. Vaya a los sanitarios de la línea Cristóbal Colón. Entre a la letrina del fondo. Bájese los pantalones, siéntese en la taza y ponga la maleta en el piso. No intente nada cuando la mire desaparecer. Feliz domingo.

—Eso de «Feliz domingo» significa que era todo tu trabajo, Toñín —dijo Borja, comenzando a guardar los papeles en sus sobres correspondientes.

—Ajá, hasta que no quisieran otro encargo, y otro y otro —respondió Antonio, viendo a Borja cerrar la carpeta y dando un codazo a Tulio que seguía entretenido con las piernas enfundadas en medias negras de la mesa del rincón.

Buscó su Bohemia, la encontró, tomó de ella y sintió el frío del cristal como si una piedra lunar estuviera en su mano.

Así que la Morena está en México, pensó. ¿Haciendo qué? ¡Sepa la chingada! Mientras tanto ya lo había filmado con las carnes desnudas y se habría reído de sus piernas flacas, del pellejo colgante de su escroto, de sus dedos puestos sobre el desangelado miembro.

—No, no es lo que piensas —dijo Borja, sacándolo de sus lapsus momentáneo, intentando traducir sus ideas, pendiente de su cara—. No son pastas, ni chochos ni su puta madre. Un paquete como el de la TAPO, tan chico como un lócker es poca cosa para un cargamento de coca.

—Pero si a eso se dedican —intervino Antonio.

—De acuerdo, pero la tal Morena no bajaría hasta acá por semejante cantidad. No es droga. Me late que en esa maleta habrá dinero, un chingo de lana que necesitan transportar, esconder, lavar, sepa qué madres.

Sí, seguro, pensó Antonio. Tal vez una cabeza agusanada y hervida en un perol de cobre.

—Carnales —dijo Tulio.

Tal vez un feto ensartado a un gancho de alambre.

—Carnales, pélenme.

O una verga ulcerada e infecta. Cualquier cosa, acaso…

—¡Les estoy hablando, chingá! —seguía Tulio.

—En el hotel te enganchan para obligarte, ahora recibes un paquete, mañana quién sabe —continuaba Borja tratando de explicar el juego del enemigo.

«Mañana quién sabe», repitió Antonio para sí mismo. La frase resonó por los agujeros de su asombro, la sentía blanda, lechosa. Acaso el peligro estaba conjurado, pero quién podía asegurarse que ya no tendría qué ver con misteriosos anónimos sacudiendo sus miedos.

—¡Hey! —insistía Tulio.

—¿Te das cuenta, Toñín? Tal vez sean millones de feria los que lleguen el domingo en una pinche maleta. Si tan solo pudiéramos…

—Chingá, ¿me van a escuchar o no? —exclamó Tulio y Borja guardó silencio. Antonio lo imitó y ambos lo atendieron. Tulio, al saberles pendiente de cualquier cosa que dijera, agachó el rostro en el clásico gesto de hacer secretas las palabras—. ¿Ya vieron quién está con la chava de negro, allá en la esquina?

—¿Quién? —preguntó Antonio, buscando al mesero para ordenar más cerveza.

—No seas cabrón, Toño, disimula o se nos arma.

—¿Qué pedo se te atravesó, pinche Tulio? —preguntó Borja.

—Ahí está Sahagún Baca, güeyes —dijo Tulio y la curiosidad hizo que Borja quisiera voltear en ese instante, pero un jalón en el hombro le regresó el rostro al lugar de partida. Unicamente Antonio, desde su lugar, pudo ver la mesa que Tulio señalaba buscando no levantar sospechas.

—Ni madres, no es —dijo Antonio, recordando a ese personaje, famoso por los noticieros y el periódico.

El paso de Sahagún Baca por el aparato gubernamental no había sido anónimo, aunque pocos eran los mexicanos que recordaban a ese hombre que Antonio intentaba reconocer con vueltas al pasado y viñetas mentales, hasta que los engranes lograron ajustarse poco a poco, dando forma a ese rostro tan fotografiado años antes, durante la administración lopezportillista.

Por fin lo reconoció. Sí es, se dijo. Algo cambiado, era cierto. El tiempo no reconocía preferencias y causaba daños irreparables, profundos. Se le notaba cansado. Nada quedaba del ceño altivo que presumía junto a Durazo Moreno, o a cargo de la DIPD, nada tampoco quedaba de su parecido con el actor José Alonso, nada incluso de su cabello que había terminado casi de despedirse. Ya ni siquiera gustaba del traje bien cortado, vestía pantalón sport y camisa a medio abrir para mostrar el vello del pecho y la cadena de oro.

Antonio tomó una cerveza de las tres que acercó el mesero y aprovechó el viaje del envase a su boca para continuar el vistazo a un Sahagún Baca que comía tranquilo y tomaba algo que Antonio adivinó era whisky solo. Su aspecto era tan parecido a los otros dos tipos que le acompañaban; uno era alto, robusto, tendría la misma edad de Antonio, piel blanca, cabellos lacios. El otro era más bajo y tenía el cabello cortado al estilo militar. ¿Qué eran? ¿Sus guardaespaldas? ¿Quienes le cargaban la metralleta? ¿Le protegían mientras orinaba, cogía, dormía? ¿Podía dormir? ¿Aún mataba? ¿Recordaría la masacre del Río Tula?

Los Trovadores de América, zalameros, se acercaron a su mesa, tocaron algunas canciones y cual pavorreales recitaron sus mejores versos para la joven de negro que seguía sentada frente a Sahagún Baca.

Rato después, los Trovadores de América terminaron de cantar y se alejaron, excepto uno. Éste se quedó a tomar la copa, a decir salud, y un minuto más tarde también se retiraba.

En todo ese tiempo, Borja también había podido comprobar que se trataba del presunto responsable de la masacre del Río Tula quien estaba a menos de quince metros de distancia, acompañado por esa joven a la que Tulio había desistido de seguir ligando.

—Por qué no vas y le invitas una chela. Platícale de este desmadre —bromeó Tulio.

—Neta —agregó Borja—. Él tiene experiencia en estos pedos. Pregúntale cómo lo resolvemos.

—Bah, dirá que echemos bala y reguemos sangre —respondió Antonio.

—Ahí sí tienes razón —intervino Tulio—. ¿De dónde carajo sacamos una Uzi para copiar su método?

Guardaron silencio. Así que aquel era el restaurante donde iban a pasar tranquilamente la tarde, pensó Antonio. Por escasos metros estaban separados dos hombres, ambos perseguidos y protegidos por un par de ángeles guardianes o guardaespaldas, disfrutando de comida y trago.

Cuando salieron del lugar, Antonio volteó y miró a Sahagún Baca sonreír y disfrutar, pero no intentó imitarlo, por eso caminó en silencio —junto al Dúo Económico— rumbo al auto, y solo le dolió haber olvidado su pipa sobre la mesa y no dejar la propina para el mesero con corbata de moño.

VEINTIDÓS

Borja conducía el Volkswagen por Reforma, dejando atrás poco a poco las torres de Tlatelolco, los Cinemas Chaplin y una estatua que en la proximidad de la noche ninguno supo reconocer. De tal omisión, Antonio culpó a la cerveza en exceso y al recuerdo de Matilde, la secretaria, asesinada por una mentirosa pena de amor, una muerte absurda y que deseaba ver ligada a una pasión verdadera, no ficticia como simulaba el recado póstumo. Morir, sí, pero de un romance funesto, trágico, desconsolador, terriblemente lúcido, no perdiendo el tiempo en la oficina mientras sonreía por su desesperación ante el teléfono y los anónimos.

¿Por qué? Cuáles eran las razones para que una hija de Corín Tellado y descendiente de paleteros michoacanos de pronto le diera por meterse en los capítulos de una historia que continuaba escapándose, sin dejarse agarrar. Una historia sebosa, untada con aceite de ballena y sangre de frenéticos seres que golpeaban el techo del Volkswagen buscando abrir la carrocería para jalarle del cuello, abrirle en canal, sorber los restos de carne a la tampiqueña nadando aún en sus jugos estomacales.

Así que Matilde todo ese tiempo había sido parte del equipo contrario. ¿Por ambición? Era lo más probable. El sueldo por contestar teléfonos y escribir a máquina no podía ser consolador para nadie.

Antonio recordó cómo al mes de volver de Los Ángeles, Matilde había hecho hasta lo imposible por quedarse con el puesto de secretaria a su servicio. Y lo que pensó como una forma extraña de demostrar la amistad laboral, era totalmente ajeno, incluso al llenado de pólizas de seguro.

Todo encajaba, diría Borja. El cambio de Matilde como su secretaria coincidía casi justo con su regreso del Norte. El equipo contrario había tenido todo un mes para localizarlo y trabajarla. ¿Qué diablos le habían prometido? ¿Las vacaciones que comentaba don Jimeno? ¿Un pinche y mugroso viaje a Madrid? ¿Con el jodido español aficionado a la nalga masculina? ¡Y Matilde aceptó, claro! El boleto era casi gratis. Solo bastaba con entregar puntualmente unos recados anónimos que a la legua dejaban ver que no la soltarían tan fácilmente. Aun cuando el juego estuviera desarticulado momentáneamente, volverían a intentarlo, no lo soltarían, y si resistía, sentiría un deslizar cabronamente frío por su yugular, con el tiempo justo para ver el chorro de su sangre salpicar, mientras caería retorciéndose, metiendo los dedos en las arterias, intentando taponar la hemorragia, el destrozo irreparable de esa garganta partida en tajos, hasta agonizar y quedar solo en algún cuarto lleno de ratas y orines pegajosos, con un recado escrito donde no se hablaría de su amor por los ojos de Carmen Otamendi.

Al pasar frente al Monumento de la Revolución, el trío de cerveceros nostálgicos guardó silencio. Coincidían en el sentir. Su mudez confirmaba que aquella mole oscura y pesada sobre la avenida era el único monumento que hacía guardar respeto por lo que significaba, por los abuelos partiéndose la madre en las sierras de Chihuahua, en los llanos arenosos de Coahuila, en las montañas pedreras de Jalisco, en las sierras húmedas de Morelos y Puebla, para venir a terminar olvidados en una simple fecha dentro del calendario cívico nacional.

Para el trío del Volkswagen, el monumento les resultaba de alguna forma sagrado. No recibía gracejadas al estilo de las que habían dicho al pasar frente al Ángel de la Independencia, la Glorieta de Colón, el Caballito, la Diana Cazadora. Todo lo contrario. Aquella mole increíble y oscura imponía su respeto cuando el auto se deslizaba a su lado, mientras Antonio apretaba en su bolsillo los boletos para el juego Cruz Azul-Tecos, último favor de Matilde quien cumplió el encargo; tres pases preferenciales para el partido del sábado. ¿Tres pases? ¿Para quién era el tercero? Para Tulio por supuesto; sin embargo, había cambiado de parecer e invitado a Carmen, quien tocaba arteramente a las puertas de su alma. Sí, frases declaradamente cursis, apropiadas para conjurar el peligro y lograr que todo saliera bien y entonces podría ir al estadio con sus tres grandes pasiones; el Cruz Azul, su hija Rosario y Carmen, esa mujer que Antonio percibía cercana entre la bruma de luz neón y el mareo cervecero, cuando el auto se detuvo frente al hotel de alfombras sucias y Tulio se propuso como el más indicado para ir a preguntar.

—Porque el pinche Borja, con ese parche de pirata gambusino es capaz de joder cualquier intento noble por la causa.

—Chinga tu madre —respondió Borja amablemente.

Tulio salió del auto y cruzó la calle. Apenas hubo entrado por la puerta de doble hoja del hotel, Borja volteó hacia Antonio para preguntarle.

—¿A poco de veras entre Carmen y tú no hubo nada?

La cara seca de Antonio fue su respuesta. Borja hizo un gesto de fastidio y fijó su único ojo sano en los de Antonio y como era de esperarse, perdió; dos contra uno.

—Okey, okey, de acuerdo con eso de que un caballero no cuenta sus cosas, pero, chingá, si ni siquiera lo intentaste qué desperdicio.

Defraudado, Borja encendió un cigarro y Antonio buscó una cerveza en el piso del Volkswagen, instintivamente, como si de pronto estuviera en Tijuana y Tulio hubiera sido un Nick que hubiera bajado a comprar más cerveza para continuar la noche.

—Vamos a buscar un trago. Hace una sed del carajo —dijo Antonio, buscando convencer a un Borja que ya se recostaba en el asiento trasero a disfrutar de su cigarro, acto que debió interrumpir con el regreso de Tulio.

—¿Qué pasó? —preguntó Antonio, imaginando el sabor fresco de la cerveza y el limón diluyéndose en los labios de Carmen, espuma, sed…

—La señora del aseo me dijo que sí, que la muerta venía de vez en cuando a este hotel —comentó Tulio—. La recordó porque nunca pagaba el cuarto, nomás recogía la llave y subía. La señora sale de trabajar a las once de la noche, justo cuando la muerta llegaba, dice que por eso nunca supo con quién se veía o a qué horas se iba, pero que la habitación…

—No me digas —interrumpió Antonio—. La 208.

—Exacto. Donde fuiste estrella porno. Dice la señora que ahí amanecían botellas vacías de Bacardi y restos de cigarros casi enteros.

—Pobrecita —dijo Antonio—. Jamás supo fumar.

—Qué aguante —dijo Borja, ajustándose el pedazo de piel negra con tirante que le cubría su ojo inservible—. Sí que era algo especial tu secretaria. Mira que venir todas las noches a ponerse pedos locos y al día siguiente teclear una máquina en la oficina.

Tulio subía las mangas de su chamarra de mezclilla, para dejar en libertad sus brazos gruesos y macizos, de peleador callejero.

—Respecto al misterioso amante, ahorita el Toñín nos va a decir quién es.

Antonio ya había intuido la precisión del dato entrando justo en el hueco requerido.

—Sí. El español que le gusta la nalga de hombre.

—Ese mero —asintió Tulio, enardecido ante la idea de la acción que se avecinaba.

—¿De casualidad no le preguntaste dónde lo podríamos madrear? —pregunto Borja.

—Claro. La señora del aseo me pidió que le pongamos unos putazos a su salud. Dice que está chupando en una cantina de aquí cerca.

—Sale, entonces afinemos el plan. Tú, Toñín, nos dices quién es y te regresas en chinga al auto para tenerlo encendido. Tulio y yo lo sacamos a madrazos y nos los llevamos para preguntarle por la película.

Borja terminó su frase al tiempo que volvía a ajustar el parche de su ojo, estirando bien la liga tras su nuca, luego salió del auto. Tulio ya esperaba afuera, golpeando una mano con su propio puño, calentando el cuerpo.

El equipo estaba listo. Por fin entrarían en acción, pensó Antonio, saliendo del auto, cerrando la portezuela y sacudiendo las piernas para tenerlas listas por si de correr se tratara.

La calle toda servía de estacionamiento a esos autos de antenas largas y especiales.

El trío dobló la esquina. Caminaron sobre la México-Tacuba. Adelante estaba la mueblería Viana y la sede del PRI sobre Insurgentes Norte.

—La mera boca del lobo —dijo Tulio, señalando el lugar decorado con una gigantesca bandera mexicana.

Antonio les seguía a unos cuantos pasos, como refugiándose en la oscuridad que se prolongaba hasta el edificio del partido político que pavoneaba su bandera gigante. En el pavimento, cientos de papeles con propaganda, invitaciones, calcomanías con el logo de la institución… Tal parecía un lugar condenado a producir nada más que basura, misma que volaba incansable esperando que alguien le recogiera para leerla. Tarea inútil, pensó Antonio. La gente ignoraba los papeles, pasaba indiferente ante el edificio donde entraban y salían personajes de lentes oscuros, dientes encasquillados, pistolas mostradas al descuido entre el resorte del calzón y el cinturón de faja ancha, gente toda semejante a la que llenaba la cantina donde entraron.

El encargado del hotel estaba al fondo del lugar, inclinado sobre la barra, con la vista fija sobre su bebida. Tulio entendió la mirada de Antonio y junto con Borja se adelantaron entre las mesas.

Antonio comprendió que su trabajo terminaba momentáneamente. El resto era esperar la oportunidad de madrear al españolete aficionado al Bacardi y a las secretarias incapaces de fumar. Tulio y Borja se encargarían de sacarlo de su ensimismamiento en la barra de la cantina.

Antonio caminó silencioso hasta el lugar donde el auto esperaba. Abrió la portezuela. Apenas hubo ocupado el lugar del conductor, un arma cubierta se depositó en su sien, obligándolo a ir al fondo del auto a buscar refugio, pero la pistola le ordenó voltear hacia el arroyo oscuro de la calle y un ardor que subió por su nuca explotó en sus ojos como trágica señal de que esa breve sensación sería lo último de sus recuerdos, lo demás fue simplemente su cara, golpeando contra el tablero del auto, ya sin sentido.

CASI PERDIDA Y CASI OLVIDADA

Esta segunda historia empieza con el cantinero de un bar en los alrededores del puerto de San Diego. Se llamaba Pete aunque lo llamaban Spike. Le faltaba un diente y en tal hueco mantenía, imperturbable, un bolígrafo que movía según el curso de la plática.

Una noche de ventilador insuficiente, a Spike le tocó servir copa tras copa a un sujeto cuyo único fin parecía emborracharse. Y no porque fuera algo extraño, sino que el tipo parecía recobrar energía a cada trago.

La luz sobre las mesas fue decreciendo y los clientes se alejaron poco a poco.

—Hey, Spike. Tú, eres Spike, ¿no? —preguntó el tipo y el cantinero volteó hasta encontrar los ojos de alguien que estaba a punto de llorar. Terminó de limpiar un vaso, lo colocó en su lugar y se acercó.

—Sí, así me llaman. Y Spike puede servirte otro trago, pero al terminarlo quiero que salgas por esa puerta, ¿me entiendes? Es hora de cerrar.

El tipo meneó la cabeza y ofreció el vaso al cantinero que lo llenó con calma.

—No. No has entendido. No busco pelea, sino un compañero con quien tomar. Yo invito… Si aceptas.

Los últimos clientes se habían marchado. Spike tomó una botella de tequila y su chamarra.

—Odio este lugar. No sé cómo he podido trabajar tantos años aquí —dijo antes de ser interrumpido por el ruido del teléfono—. Permíteme.

Spike rodeó el mostrador para contestar el aparato mientras aquel tipo jugaba una colilla bajo la punta de su zapato.

—Vamos —dijo el cantinero al regresar. Salieron.

Caminaron hacia los muelles, olorosos a basura y sal. A lo lejos, el ruido de un avión aterrizando.

—Me llamo William, pero me llaman Bill.

—¿Has conocido un William que no le llamen Bill? —preguntó Spike, viendo que el sujeto comenzaba a llorar hasta desplomarse y quedar acostado sobre el pavimento húmedo por la neblina.

—Me la mataron, Spike. Me la mataron.

Spike acercó la botella a sus labios —una historia que comenzaba con la muerte necesitaba un buen trago—, luego la devolvió a Bill quien tomó hasta quemarse la garganta, haciéndole toser, moquear, tumbarse nuevamente de espaldas en el pavimento y abrir los brazos en cruz.

El cantinero pensó que ya estaba demasiado viejo para hacer algo así, tal vez podría enfermarse, pero diablos, no siempre se escucha una historia tan interesante. Se sentó en el piso y escuchó.

Bill recién llegaba de México. Se dedicaba a la venta de productos farmacéuticos que distribuía tan pronto como la Bayer o la Dimetil Knox los iban inventando.

Un maldito agente de ventas si así lo quería llamar, dijo. Sin tiempo para establecerse. Dos mujeres habían sido sus esposas y las dos lo habían abandonado, argumentando una permanente ausencia en la cama.

En fin. Una historia llena de almuerzos fríos y camas de hotel. ¿Por qué iba alguien a reprocharle entonces que se entendiera con Lina?

—¿Era hermosa? —preguntó Spike.

—Si la hubieras conocido no preguntarías tal cosa. ¡Diablos! Era lo más cercano a una diosa que salvaría del abismo a un pobre agente de ventas llamado Bill. ¿Entiendes eso, Spike?

—Claro, ningún compromiso. Solo placer.

—Sí, vamos, sí. Placer y nada más, pero lo era todo. ¡Mírame! —Bill se puso de pie y comenzó a girar sin soltar la botella—. ¡Soy el gran Bill Stein! Jefe regional y comisionado especial para Sudamérica de la Drugs for Living Corporation que gana dinero para pagar buenos culos, como el de Lina. ¡No importaba que fuera *strip girl*, que tuviera gustos especiales y costosos! Bill Stein podía pagarlos, hasta su nieve.

—Oh, no, punto malo —comentó Spike.

—¡Mis bolas también! —gritó Bill, dando un trago que casi vació la botella. Metió la mano en su chamarra y sacó una pulsera—. Mira, dos mil dólares en Miami por esta baratija que ahora es tuya, Spike, tómala.

Spike recibió la pulsera de brillos e incrustaciones que aun en la oscuridad era posible identificar su trabajo delicado y costoso.

—Gracias.

—Ten cuidado a quien quieras regalarla, Spike, esa pulsera está maldita. Iba acompañada de una proposición de matrimonio y resulta que la destinataria estaba muerta el día que la iba a recibir.

—Mierda. Pásame la botella —pidió Spike—. Sigue, te escucho.

—Bien, pero caminemos. El pavimento me ha entumecido las nalgas.

El hombre se puso de pie y ambos siguieron por el muelle sin platicar de maldita cosa, hasta que los faros de un vehículo los hizo detenerse. Era una patrulla.

—¡Diablos, Spike! —gritó el oficial, bajándose del auto—. Pensé que los cantineros eran abstemios.

—A veces nos descarriamos. ¿Gusta un trago, oficial?

—Oh, ya sabes la tontería que debemos responder en estos casos: «Lo siento, estoy de servicio» —dijo el policía con voz aflautada—. Ahora que si prometes no decirlo…

Spike entregó la botella, el oficial dio un trago y preguntó:

—¿Quién es este amigo?

—Un recién conocido —respondió Spike—. Anda sufriendo una pena de amor.

—Bien, que la cuente completa para que mañana nos diviertas con ella en el desayuno —dijo sonriente el oficial quien agregó—: Cuando tu amigo termine de usarte como paño de lágrimas quiero que se vayan a sus casas. Dos homicidios, cuatro violaciones y quince asaltos es el saldo de la última semana en este barrio.

—Sabemos cuidarnos, oficial. Si ve a mi esposa dígale que estoy trabajando —respondió Spike, dando la vuelta para continuar el paseo entre la niebla.

—Seguro, sabes que me encanta dar tus recados —gruñó el oficial volviendo a la patrulla y marchándose.

—Estaba muerta, tanto como ese pedazo de madera pudriéndose ahí tirado —dijo Bill, continuando su narración cuando se hubo alejado la patrulla.

—¿Sabes quién lo hizo?

—Sí, estoy seguro que fue Chuy, un maldito mexicano que hace de las suyas por Tijuana y Mexicali.

Spike lanzó un escupitajo fuerte que cayó golpeando el asfalto.

—Malditos grasientos. ¿Y sabes por qué?

—El tal Chuy anda metido en asuntos de droga. Eso me contaba Lina. Hace días estuve en México con ella, en Ensenada, ella sabía de mi viaje a Venezuela, luego a Miami y de regreso a México. Me pidió ir conmigo, tenía miedo y yo le dije que no podía llevarla. ¡Yo, el gran imbécil, quería ahorrar para comprar esta pulsera que a mi regreso le traería como anillo de compromiso!

—¿Ella tenía miedo?

—Sí, sí, y no le creí, pensé que era una tontería. Era fantasiosa, sabes, le daba por inventar situaciones en la cama, que si era la muchacha en peligro y yo la salvaba, o que era la más hermosa puta de Honk Kong y yo su padrote. Era… Excitante. ¿Entiendes eso, Spike?

El cantinero no respondió. Se limitó a tomar del tequila que amenazaba con terminarse.

—Esa vez me contó de Nick, un amante con el que nunca podía terminar del todo, creyéndola dormida, había hablado por teléfono acerca de un secuestro.

Spike dejó el trago a medias y volteó a mirarlo sorprendido.

—No, no me preguntes. Lina tampoco sabía de quién se trataba, pero sabía que era algo importante y... secreto. Mi viaje era de solo tres días, luego regresaría para ya no separarnos. Resultó que no. La encontré con un tajo en su garganta. La sangre en el piso ni siquiera se había coagulado.

—Ya entiendo. Alguien decidió que ella no debía saber nada.

—¡Demonios, sí!

Bill hizo una pausa, respiró profundo. Continuó.

—Tuve miedo. Huí del hotel y aquí estoy.

—Mencionaste un secuestro. Mmmm, ya no se estilan.

—Así es, un secuestro. La cuestión es que la DEA está en el asunto.

—A ver, permíteme la botella, Bill, este chisme merece un trago. ¿La DEA metida en un secuestro?

—¡Mierda, sí! ¿Acaso eres sordo, Spike? Un secuestro de territorio mexicano al nuestro. Algo peligroso y complicado. Lina lo supo y la callaron. Asqueroso, ¿no?

—Bill, amigo, creo que no has hecho ningún bien contándome todo esto.

—No, creo que no. Cuando salí del hotel, me detuve, conozco un policía judicial mexicano a un kilómetro y los que fueron a buscarme tenían la pinta. Por eso brinqué la maldita frontera y aquí estoy.

—Vamos, Bill. No me digas que la DEA anda tras de ti. ¿Cuestión de competencia o de narcotráfico? Tú vendes complejos vitamínicos y aspirinas, según dices, de lo único que pueden acusarte es que tus grageas no alivien las jaquecas ni los mareos.

—No es broma, Spike. De cualquier forma, agradezco que hayas escuchado, de verdad.

—Olvídalo, ¿qué piensas hacer?

—Nada, refugiarme en casa de mis padres en Fairbanks, por un tiempo, necesito descanso.

—Lo siento, Bill, no me refería a eso, sino a los tipos que desde hace rato nos siguen.

Bill se detuvo y volteó, husmeando con ansia la oscuridad. A lo lejos, una pareja de individuos se acercaba.

—No, no son ellos —respondió Bill y siguió caminando. Intentó disimular su nerviosismo, sacando un cigarro de la cajetilla.

Cuando aquellos tipos emparejaron el paso con el suyo, Bill intentó cubrir su rostro, tallando el encendedor y acercando su mano para proteger la flama. Aquel movimiento le impidió mirar cómo uno de los tipos, sin dejar de caminar, le disparaba, al tiempo que Spike, se movía limpiamente, evitando así el salpicar caliente de la sangre estallando en lo que fuera segundos antes el rostro de Bill.

—¡Vaya que son rápidos en acudir! —exclamó Spike.

—El sargento se movió rápido para avisarnos —explicó el hombre que había disparado y ya guardaba el arma—. Por lo visto te llegó el mensaje a tiempo.

—Sí, justo cuando salíamos del bar. ¿Dónde lo perdieron?

—En un centro comercial de San Isidro. Si no hubiera sido por ti... —comentó el acompañante quien hurgaba los bolsillos del cadáver.

—Me avisaron a tiempo, lo demás fue suerte.

—Tienes razón. ¿Vas por el rumbo? Te llevamos, el auto está aquí cerca.

—No, prefiero madurar la información para hacer el reporte. Ustedes saben: la comisión es la comisión.

—¿Fue importante lo que dijo?

—Digamos que lo suficiente para que mi bono de esta semana sea triple —bromeó Spike.

—Okey —dijo el acompañante, incorporándose y guardando todo lo encontrado en los bolsillos de Bill—. Desde este momento, Bill Stein ingresa a la lista de homicidios por asalto, cometidos en esta peligrosa zona.

—No olviden hacer el trámite de mi cheque, luego hay retrasos —dijo Spike.

—¿Entonces, no vas con nosotros?

—No, prefiero caminar.

—Lástima, pensábamos que fuera en otro lugar. No importa, creo que será fácil armar un doble asalto a un cantinero y su cliente.

—¡De qué diablos estás hablando! ¿Cuál asal...?

El disparo de una silenciosa automática fue la respuesta. Spike cayó cerca del cuerpo de Bill, mientras el par de hombres se alejaba, pateando la botella vacía de tequila.

TERCERA PARTE

ACÁ ABAJO: HACIA UN LADO

Puedo morir de insomnio
de angustia o de terror
o de cirrosis o de
soledad o de pena
pero hasta el mismo fin
me durará el fervor
me moriré diciendo
que la vida era buena.

FERNANDO ALEGRÍA

UNO

Antonio despertó envuelto en la oscuridad provocada por la venda de los ojos. Tenía las manos atadas tras la espalda y el cuerpo entorpecido. Intentó acomodar las piernas pero solo consiguió golpearse contra algo que le pareció el borde de una mesa.

La inconsciencia desaparecía y era el turno para que el dolor entrara. El sentido del tacto enviando mensajes de alerta y maltrato. En los labios, un sabor reconocible: sangre.

Se sabía golpeado en los brazos, el estómago. Las encías abiertas, hinchadas por el dolor de dientes; todos los dolores en ese momento anidaban en su boca.

Sintió habitado el lugar; olor de plantas, vestidura de muebles. Al fondo de la sombra llegaban pasos ahogados, ecos de pasillos que guiaban al resto de las habitaciones. Escuchó el frotar de unos zapatos contra el piso, como si el cuerpo se negara a caminar y necesitara ser arrastrado.

—Así estarán juntitos —dijo una voz que reía mientras se alejaba. Antonio sintió otro cuerpo a su lado y no tardó en reconocer su presencia. Era lógico, pensó, demasiado lógico y estúpido creer que nadie le hubiera seguido, que no supieran su paradero. Sintió su rodilla pegada a esa otra tan fría y llena de temores. Percibió el aroma de un perfume gastado, el olor de las plantas penetrando fuerte, el latir de su cuerpo junto a otro igual de tembloroso. Hubiera querido mostrarse valiente por un momento, demostrar que era capaz de protegerla pero los nudos que sujetaban sus manos y la venda de los ojos le contradecían, se burlaban.

—Tranquilo, Antonio. Estoy bien.

Era su voz, la misma que tanto ensueño le produjera, la misma que susurraba queriendo no ser escuchada por el casi seguro ser que imaginaba a pocos metros, atento, vigilando.

—Carmen, lo siento. Fue mi culpa.

—Tranquilo, te digo que estoy bien.

Antonio prefirió callar. No atinaba a explicar maldita cosa para disculparse por su descuido y que hubieran descubierto el refugio.

Desde el corredor se escucharon pasos, voces que se acercaban.

—Destápalos —ordenó una mujer.

Alguien retiró la venda de sus ojos y la luz de una lámpara de mesa ocupó lenta el lugar de la oscuridad en sus ojos y los de Carmen. Entonces pudo ver a la mujer que hablaba y la reconoció: Nick la había golpeado en un edificio de la calle Primera de Tijuana. Ahí estaba, con las manos en la cintura, retadora, buscando resaltar las formas de su cuerpo.

Carmen se frotó los ojos acercando la cara contra su hombro, cuando terminó miró a quien reconoció también como la Morena y buscando grabar viñetas mentales para una posteridad que se antojaba lejana y fantasiosa.

—Tu amiga es guapa, Antonio —dijo la mujer acercando su mano a la barbilla de Carmen, obligando a ésta a mirarla directa a los ojos. Por un momento ninguna aceptó parpadear. Finalmente, la Morena decidió terminar ese extraño duelo de miradas con un golpe que hizo estallar sangre en la nariz de la periodista.

—¿A poco te acuestas con este méndigo flaco?

Carmen alzó la cara buscando contener la hemorragia nasal y con un movimiento tenso hizo soltar su cara de aquellos largos dedos manicurados.

—Chinga tu madre —respondió con calma.

El hombre que les había retirado la venda de los ojos se acercó provocador, pero fue detenido con un gesto de la mujer que rodeó la mesa hasta quedar frente a Antonio.

La habitación era iluminada únicamente por la lámpara de mesa, lo que provocaba alargadas sombras en las paredes.

—Escuchen, cabrones, yo ordeno cuándo respiran si me da la chingada gana, de lo contrario se joden como la pendeja de Matilde.

—O como ocurrió con Nick —dijo Antonio para hacer presente el fantasma del amigo muerto que se mezclaba en aquel dolor de sus dientes que le hacía supurar flemas y saliva granulosa.

—Sí, también como ese cabrón —respondió la mujer.

Desde su lugar, en el extremo de la sala, el hombre gruñó algo ininteligible. Tenía la cara enrojecida con un aroma a ungüento. Antonio pudo reconocerlo, y aun viendo su corpulencia, sus manos gigantes, los brazos quemados por el sol fronterizo no pudo imaginarlo como el tipo a quien había escaldado con agua hirviente la noche anterior.

—Hijos de puta, esto no se hizo para que vengan y lo jodan.

La mujer volvió a acercarse amenazadora hacia Antonio quien comprendía que después de una frase semejante venía bien un golpe. Lo gozaba con antelación, sentiría esa palma fuerte y plana caer sobre su rostro, haciendo un ruido de agua blanda y azul.

Nada. El golpe jamás llegó. Sintió el desfazamiento de una lógica a la que necesitaba aferrarse, así fueran los fallidos golpes de una mujer.

—Nick te metió en esto y te jodiste. Ahora yo ordeno hacia dónde te mueves, cabrón —continuó la Morena, como si la colaboración entre ambos fuera a ser estrecha, pensó Antonio, duradera, de jefe a empleado; salario, prestaciones, metralleta, vacaciones... No pudo evitar sonreír y miró a Chuy removerse furioso, creyendo tal vez que su risa era por ver su cara ulcerada con las quemaduras.

—Mañana es sábado. Irás a la TAPO con Gustavín. Tiene orden de meterte un balazo al primer movimiento sospechoso. Tu amiguita se queda con nosotros.

DOS

—Una vez tuve una novia, se llamaba igual que tú: Carmen. Hablaba italiano por no sé qué relación con esa embajada, un parentesco que jamás entendí. Es curioso, ahora que recuerdo además de tu nombre tenía tus mismos ojos.

—Ay, Tony, eres malísimo para ligar.

—¿Por qué?

—Todo ese cuento para decir que te gusta mi nombre.

-Y los ojos y los labios y…

—¿Te sabes algún poema?

—Uf, no sé si lo recuerde completo.

—Intenta.

—Creo que dice: *Uno tiene a fuerzas que vivir con lo que lleva puesto, estoy hablando del coraje, el amor y los deseos. Uno tiene que dar la cara y sonreír, y levantarse temprano en las mañanas. Uno tiene que atrapar los sueños con las puntas de los dedos para que no se escapen. Uno tiene que encontrar la mujer que con un solo parpadeo, le dé sentido a lo que traes adentro. Uno se equivoca, pide de más y entonces descubre que las cosas no siempre funcionan como quieres. Uno, que viene del insomnio, debería poder dormir un sueño justo. Aquí está mi amor, aquí la angustia, hay que ver de dónde provienen los dos, que se parecen…*

—Hermoso. ¿Es de Jaime Sabines?

—No, no lo sé. El joven que maneja la fotocopiadora en la oficina lo tenía pegado en su cubículo. De tanto verlo, me lo aprendí.

—Mierda. Andando de periodista he visto esta ciudad componerse y destruirse a cada instante. Ahora mismo imagino que no estoy aquí, sino en medio de un eje vial.

—Extraño, yo siento lo mismo, pero como si viajáramos en un autobús que acabará estrellado contra un puente peatonal.

TRES

Ritmo lento, calor de media tarde cayendo sobre el asfalto de la avenida Zaragoza.

Gustavín abrió las esposas de las manos de Antonio, se guardó la llave y bajó del auto. Antonio hizo lo mismo no sin antes tomar la maleta que debía dejar en el lócker, seguido por su ángel de la guarda que le seguía a escasos metros, evitando la escapatoria.

Concreto. Mosaico.

Ambos caminaron por la rampa que los maleteros usaban frenéticos para transportar equipaje. Al terminar ésta, se encontraron con el pasillo de lóckers de viajeros. Era un túnel casi oscuro transitado por alguna gente que se dirigía a las taquillas o al paradero de taxis, mientras los maleteros continuaban el acarreo de equipajes en sus diablos que pasaban veloces.

Antonio sabía que Gustavín le vigilaba atento, aun sabiendo que no habría de huir. Carmen era razón suficiente para no tentar a la suerte, no quería darles oportunidad de agredir.

A mitad de pasillo, tras una barra, un joven de cabello ensortijado atendía el lugar. Sin decir palabra, Antonio pagó el importe y el joven le entregó a cambio una llave. Buscó el número de lócker, abrió la pequeña puerta, dejó la maleta y cerró.

Cuando abandonó el túnel, llegó hasta la rotonda del restaurante donde algunas mesas eran ocupadas por comensales aburridos y fatigados. Plástico color naranja, envases vacíos, andenes ocupados con la somnolencia de turistas despeinados, esperando el anuncio de partida, el transborde, ancianos cargando cajas de cartón, algunos más quemando tiempo, hojeando revistas, mirando las pantallas donde se anunciaban las corridas de autobuses, los nombres de líneas camioneras que habrían de llevarles a lugares tan brumosos y ásperos como la ciudad que dejaban.

En la línea Estrella Roja, Antonio buscó la taquilla del servicio directo a Puebla. Gustavín se había perdido pero lo adivinó cerca, escondido, jugando al vigía que en cualquier momento podía cerrar la trampa y evitar el escape con un certero balazo. Y era tan fácil huir, pedir auxilio que un policía detuviera a Gustavín. «Usted arréstelo, luego le explico de qué se trata». Por desgracia no acostumbraba confiar en la policía, además tendría que explicar su amistad con Nick, el cadáver en su recámara, el asesinato de su secretaria y esas balaceras de aficionado en Mexicali. ¡Diablos! Y sin contar que Carmen había quedado en el departamento de donde había salido con los ojos vendados, tirado en el piso de un viejo Chevrolet que lo había llevado hasta ahí, a formarse en esa fila de personas que avanzaba lentamente, dando la sensación de ser usado en un ritual de enclaves y conectes bastante estúpido, de película de serie B, sin embargo le daba resultado a esa gente, lo único que necesitaban era una cara nueva, flaca, huesuda, con sudor y desvelo de siglos frente al mostrador de una empleada observando sus ojeras, su cabello sin aseo, totalmente desconcertado, olvidando el número de asientos que debía pedir. El sudor volvió, el escalofrío en la espalda. Al extremo de la taquilla el policía que vigilaba los andenes volteó en ese momento y encontró la cara de Antonio que no pudo apartar la vista. Su saliva la sentía pasar como un puño por su garganta, sufría de pensar que Gustavín interpretara su mirada ante el policía como un intento de quebrar la secuencia, hasta que alguien le empujó por la espalda y escuchó gritos de los pasajeros en la fila, apurándole a avanzar.

—Quiero los asientos tres y cuatro de mañana a la una de la tarde.

Suspiró. Por un momento creyó no recordar los números.

—Lo siento, ya están vendidos.

¿Qué hacer? No contaba con eso, le habían precisado aquellos números. ¿Debía preguntarle a Gustavín?

—Puedo darle el tres y cuatro de la siguiente corrida, una y quince —dijo la despachadora y Antonio afirmó mecánicamente con la cabeza, refugiándose en esos dedos que oprimían las teclas del computador que casi al instante escupió un pedazo de papel en color azul que le fue entregado. Antonio pagó el importe y salió de la fila ignorando la gente que deseaba lincharlo por su tardanza.

Gustavín estaba recargado en la fuente de sodas, lo observaba por el reflejo de la vitrina que exhibía jugos y malteadas.

Antonio se acercó a la barra, pidió una Coca Cola de bote, la recibió, pagó y la tomó sintiendo la escarcha de negro y amarillo burbujear en sus intestinos. Aquello parecía aliviarle el miedo y al mismo tiempo arreciar el dolor de dientes.

Terminó.

En una servilleta envolvió disimuladamente la llave de lócker, la introdujo en la lata vacía ya de refresco y la abandonó en el basurero más cercano, luego comenzó a alejarse. Había sido fácil.

—Hey, señor, olvidó sus boletos —dijo una voz a su espalda

Antonio volteó.

¡Maldición! Había olvidado meter los boletos en el bote. Ahí estaban, olvidados sobre la barra. Sonrió nervioso, mostró los dientes que le alegraban la mañana con un zumbar de aguijones y parecían provocar la risa de un grupo de japoneses que descansaban sentados en el pasillo.

—Aquí tiene —dijo una chiquilla de minifalda que se acercó sonriente con los boletos.

Mierda, pensó Antonio. Aquella tarde todos sonreían, excepto él.

—¿Se siente mal? —preguntó la adolescente.

Gustavín continuaba recargado en el pilar bebiendo su naranjada, se mantenía atento, alerta, recelaba de todo, hasta de una dulce chiquilla que sonreía al tipo sudoroso en que se había convertido. Toda la noche había planeado cómo enviar un mensaje a Tulio o a Borja sin abordar a alguien, sin despertar sospecha, y en ese momento tenía la oportunidad de pedir auxilio a una adolescente de dientes cuidados y minifalda de satén oscuro.

—¿Quiere que llame un médico? ¿Necesita algo?

—No —respondió Antonio. Lo que necesitaba era un baño de cerveza, pensó, un pterodáctilo, tal vez un poco de Jimmy Hendrix o una pizca de lápiz labial disuelto en adrenalina. Era todo. Su gesto le dio a entender a la chica que lo suyo era pasajero, una torpeza, todo estaba bajo control. Se cuidó de no pronunciar ninguna palabra pues estaba seguro que de abrir los labios sus dientes saldrían escupiendo fuego a otra parte que no fuera ya su boca lacerada, convulsa por el temor de caer muerto ante cualquier zumbido de mosca.

La chica comprendió el silencio y decidió alejarse.

—Pobre señor, ha de estar enfermo —la escuchó decir a una mujer que supuso era su madre.

—Parece maestro —respondió la anciana.

—Sí, ¿verdad? Creo que le faltan sus lentes —observó la chica, inclinándose a recoger sus maletas y mostrando la liga color azul de su pantaleta.

Antonio regresó a la fuente de sodas. Pidió otra Coca Cola. Gustavín seguía esperando. Antonio supo que necesitaba rehacer todo, cuidar cada movimiento, terminar de una vez por todas con esa chingadera de juego absurdo y sin recompensa. Sus manos escurrían sangre, peces, tijeras, sentía la presión de su vejiga queriendo orinar, sus piernas temblando por el frío del refresco que apuraba y al terminarlo se dedicó a poner con disimulo el par de boletos en el interior de la lata, para luego arrojarla al cesto de la basura.

De inmediato comenzó a alejarse a pasos grandes, tan grandes como para no despertar sospechas en Gustavín que ya le seguía. No, no habría de huir, no después de haber cumplido, no hasta que Carmen estuviera libre y caminara de su brazo hacia el altar.

—Ponte las esposas —dijo Gustavín apenas subieron al auto.

—No me gustan las esposas, por eso me divorcié de la que tuve.

Gustavín lo miró en silencio y Antonio prefirió obedecer. El auto se deslizó sobre la avenida Zaragoza hasta Eduardo Molina, para luego girar hacia la izquierda y seguir rumbo al Sur.

—Sabes, sé que no me salvo, que es mi último puto día en esta ciudad, en este mundo.

Antonio buscó con verdadera ansia un pedazo de madera dónde tocar con los nudillos, como veía que hacía Amintia cada vez que escuchaba la idea de la muerte, pero solo encontró plástico, cuero, peluche.

—Según ustedes conozco demasiadas cosas, quiero decirte que no pienso usarlas, no sabría, no podría.

Gustavín no parecía dispuesto a hablar, marcaba sus límites.

—Corta la plática, Zepeda.

Antonio sabía que todo era cuestión de trabajarlo un poco más. Recordaba la ocasión que lo viera en el yonke, cómo al principio se había negado a matar a Nick y había terminado aceptando el encargo de matar a Nick.

—Asi que no quieres que hable, ¿pues sabes qué?, me vale madre.

Esperó la respuesta pero ésta no llegó.

—Tengo una hija de doce años a la que amenazaron con matar si nos les ayudaba, ya lo hice, ahora qué pedo.

Gustavín seguía atento al tráfico y lo miró por el espejo retrovisor, parecía un chofer al servicio de un patrón con las manos esposadas.

—Hoy íbamos a ir al fut, mi hija es aficionada. Por eso te pregunto, ¿qué de malo puede haber en que este pendejo al que le van a meter un balazo, vaya al estadio por última vez con su hija?

—Estás loco, bato. Orita vamos con la Morena, lo demás, también, como tú dices, me vale madre.

Espera, Toño, se dijo. Calma, retoma el hilo melodramático, convéncelo, carajo, como si estuvieras vendiendo un seguro de vida; el tuyo, el de Carmen, el de tu hija...

—No mames, Gustavín, me van a joder y hasta al más ojete se le concede un deseo. ¿Tienes miedo que me escape? Chinga, por algo se quedaron con Carmen.

...Eso, así, una vez más, no importa que grites...

—¿Tienes miedo? Qué pelada de matón eres entonces.

—¡Chilango de mierda, cállate el hocico!

—Ni madres. Te pido que vayamos por mi hija, luego al estadio, terminando el partido, la regresas a su casa y ya. Diremos que no había lóckers disponibles, cualquier pendejada —Antonio buscó en las bolsas de su chamarra—. Mira, aquí traigo los boletos, te digo que era un paseo planeado hace semanas.

Silencio.

—¡Puta madre, no hay truco, Gustavín! Yo sé que tú eres otra onda, por algo no me seguiste la vez que le despellejé la cara al puto del Chuy, además, tienen a Carmen, y si no me das chance significa que eres un perfecto culero e hijo de la chingada. Ya dije.

Gustavín detuvo el auto.

MI PERSONAJE FAVORITO

Escuela: Secundaria Leona Vicario
    Materia: Español
    Grado: 1°
    Maestra: Consuelo Fuentes Vargas
    Alumno: Rosario Zepeda Del Valle
    Título: Mi personaje favorito

Mi personaje favorito es mi padre, será porque ha visto la muerte de cerca y eso le agranda los ojos.

Lo de la muerte lo sé por una mancha de sangre que hay bajo su cama. Es una mancha grande y espesa. Creo que alguna vez se quiso suicidar cortándose las venas como hacen en la televisión. Quién sabe. Un día voy a preguntarle.

Desde que volvió de sus vacaciones no es el mismo. Él dice que es feliz pero mentira. Si lo fuera no le dolerían tanto los dientes.

Y si de veras quiso suicidarse pienso que no le faltaría razón. A mi padre le hubiera gustado tener más hijos, pero se divorció de mi madre; le hubiera gustado ser escritor, pero perdía todas sus libretas; le hubiera gustado ser portero del Cruz Azul, pero no tenía la suficiente estatura. Será por esto que a veces camina como anciano y sonríe hacia adentro.

Hace tiempo comencé a ir a su casa a escondidas, mientras él está en su oficina trabajando. Al principio nomás iba por fumar y leer las revistas que mi madre no me deja, pero un día descubrí unos álbumes guardados en su clóset y desde entonces voy a curiosear.

Hay un montón de fotos de cuando mi padre era joven. En unas aparece mi madre, en otras yo, en otras estamos los tres juntos. Pero tiene toda una caja llena de fotos de jugadores y de equipos. Hay muchas fotos y recortes de periódicos del Cruz Azul de hace años. Pensé que las tenía por ser su equipo favorito pero una vez descubrí que mi padre aparece en varias de ellas. Creo que es un equipo de reservas, en otras está como si nada, como si no estuviera en la foto.

Tiene muchas otras donde está vestido de portero, pero no es en un estadio, es en los campos de Nezahualcóyotl, donde creció.

Ahora sé por qué cuando vamos al fut le gusta sentarse en los costados, del lado de la portería; para ver jugar a los porteros. Desde que lo supe me gusta más ir al estadio. Es una forma de estar con él en lo que más soñó y que no pudo ser.

Mi madre lo odia y creo que mi padre también a ella.

Los padres son así.

Los hijos siempre estamos al margen.

A veces sueño que estoy con mi padre en un gran estadio y mi padre es el portero del Cruz Azul.

Mi padre sonríe.

Yo también.

Este sueño es frecuente.

CUATRO

Por el interfón del edificio, Antonio escuchó a alguien preguntarle su nombre. Aquella voz pastosa la reconocería incluso tres metros bajo tierra que es como deseaba escucharla.

—¡Chinga tu madre, Salomón, y ya deja el interfón para que hable con mi hija!

—Papá, ¿eres tú? —se escuchó la voz de Rosario, acompañada del zumbido del portero electrónico—. ¿Por qué no subes?

Gustavín, recargado en el Chevrolet, miraba la escena.

—No puedo, hija, estoy en doble fila, baja ya —ordenó Antonio.

—Ahí voy.

Antonio salió del portal del edificio y se dirigió al auto. Gustavín mantenía su mirada dura como haciéndole recordar el trato; ningún recado, ningún papel extraño o los periódicos hablarían de un padre y su hija trágicamente…

Enfundada en tenis, pantalón blanco y playera azul, con el cabello sostenido con un elástico, Rosario bajó saltando la escalera del edificio. Había crecido, observó Antonio, tomando en cuenta lo difícil que últimamente le era soportar aquellos doce años colgados a su cuello.

—¿Qué te parece mi playera? ¡Cruz Azul campeón!

—¿Es nueva? —preguntó Antonio.

—Ay, papá, si tú me la compraste, pero como casi no vamos al fut no me la pongo.

Rosario lo tomó del brazo.

—¿Tienes los boletos o vamos a tener que hacer fila?

—Aquí los tengo —respondió Antonio, mostrando los recibos multicolores.

—¿Tres, a poco vas a invitar a mamá?

—No, el tercero es para… —Antonio la llevó hasta el Chevrolet—. Mira, hija te presento a Gustavo.

—Mucho gusto —dijo Rosario.

Subieron al auto y una vez adentro, Rosario le preguntó:

—¿Te hizo enojar el Salomón? Te oí gritar por el interfón.

—Que no escuche tu madre que le llamas «el Salomón» porque se te arma.

—Bah, ya se me armó.

—¿Qué te dijo?

—Se enojó porque le dije al Salomón que la boca le huele mal —comentó Rosario mientras, nerviosa, rascaba la tapicería del auto con sus uñas pintadas de color rosa.

—¿Tu madre te regañó frente a Salomón? —preguntó Antonio y sintió cómo Gustavín lo observaba por el espejo retrovisor. Por un momento sintió aquella mirada de comprensión por el pobre tipo divorciado cuya hija es regañada frente a su amante.

Se sentía encabronado. De tener a Salomón cerca le habría dado patadas en el culo hasta sumírselo.

—Estás muy bonita vestida de cementera —dijo, intentando hacerla sonreír y lo consiguió. De esta forma pudo mirar sus dientes grandes, macizos, rectos, los frenos dentales iban haciendo un buen trabajo.

Tras recorrer parte de la avenida Insurgentes, llegaron al estacionamiento del Estadio Azul. Antes de bajar del auto, Rosario arregló su pelo y se humedeció los labios.

—¿Te parece que estoy bonita, Gustavo?

Por toda respuesta, Gustavín se limitó a azotar la puerta, poner el seguro y a ocultar sus manos en la chamarra.

Era una hermosa tarde para jugar al fútbol. La ciudad estaba plena de sol y el estadio casi lleno festejaba el encuentro: Cruz Azul

—Tecos. Siguiendo al Cruz Azul, Antonio había pasado su secundaria. Años de gloria, demostración de superioridad futbolera. Luego el equipo, con todo y sus estrellas y tricampeonato, se descompuso, hasta conformarse con terceros o sextos lugares. Dos temporadas atrás, parecía que por fin volvería a despegar, pero no pasó del subcampeonato. Luego vino la conquista de un título de copa y un mediocre torneo de invierno. Luego la debacle, tan semejante a esa tarde en que los jugadores del Cruz Azul no corrían, caminaban. No peleaban un balón, se caían solos. No tenían técnica, equivocaban todos sus pases. No oponían resistencia, se entregaban sin que les diera pena. Sin táctica, se limitaban al balonazo. No sabían qué hacer en la cancha, desaparecían, no jugaban, daban lástima, o cómo explicar que a trece minutos de iniciado el partido cayera el primer gol en un error de los defensas Lupe Castañeda y José Luis Sixtos para que Yegros anotara el 1–0.

En el intermedio, Gustavín compró cerveza para ambos y un refresco para Rosario. Antonio se lo agradeció de corazón, podría ser un cabrón, pero sabía de la sed y se lo reconocía, aunque pareciera disfrutar con la derrota de los cementeros.

—¿A tí no te gusta el fut, Gustavo?

—Nel, esa, *only dayers*, es más, me corto y sale azul.

—¿Qué dijo, papá? —preguntó Rosario, desconcertada por la respuesta.

—Que le gusta el béisbol y es fanático de los Dodgers a morir.

—Ah.

El segundo tiempo dio inicio. La portería del Cruz Azul quedó en ese momento hacia donde ellos se encontraban. Un adolescente, filas adelante, se divertía abucheando al portero Scoponi cada que este tomaba el balón. De pronto, Rosario comenzó a lanzarle vasos vacíos de cartón que tomaba del suelo y a gritarle insultos. Antonio intentó calmarla, pero ella se resistió.

—Que no se meta con el equipo —contestó Rosario, ganándose la simpatía de un matrimonio a su lado; la mujer tenía el cabello lacio, sujetado con peineta, y playera blanca con vivos azules. De vez en cuando, ondeaba una bandera con las siete estrellas del Cruz Azul, y Antonio comprendió que ella, al igual que la mayor parte de los congregados en el estadio, sufrían con la derrota del equipo ante un rival mediocre, los Tecos de la Universidad Autónoma de Guadalajara.

En el campo iniciaron las fricciones. Por todas partes se oían abucheos, insultos, gritos de ¡Fuera Vucetich! Gustavín comenzó a ponerse nervioso, temía que se armara una trifulca y en la confusión Antonio desapareciera llevándose a Rosario.

La gresca disminuyó poco a poco. En el lugar donde estaban, los seguidores de los Tecos eran pocos, por lo que un pleito en ese lugar quedaba lejos de ser posible. La mayor parte del estadio estaba vestida de celeste, eran los miles de aficionados decididos a apoyar al Cruz Azul hasta lo último, aun cuando el equipo solo diera lástima y patadas de ahogado por la calificación, aunque el Pato Hernández no tuviera vergüenza por los colores y solo se moviera en busca del salario, aunque Santillana gustara incursionar en solitario y no secundar los esfuerzos del Tato Noriega o Palencia.

Al minuto setenta y dos, un tiro cruzado de Embé a pase de Mauricio Gallaga colocó el 2-0. La derrota quedó definida con el tanto de Eustacio Rizo al minuto setenta y seis tras otro error del defensa Sixtos.

La pérdida de balones provocaba que se viera un dominio casi total por parte de Tecos. Rosario estaba de pie, gritaba, aplaudía, silbaba. Pronto terminaría el partido.

—Los mejores son Castañeda, Palencia, Scoponi, Verdirame, Sixtos y Noriega —dijo Antonio.

—¿Cómo? —preguntó Rosario.

—Que los únicos para salvar al equipo son Castañeda, Palencia, Scoponi, Verdirame, Sixtos y Noriega, el resto valen madre. ¿O qué, tú cuáles prefieres?

—Los mismos.

—¿Lo recordarías?

—Claro. Son Castañeda, Palencia...

Rosario se detuvo haciendo memoria.

—¿Quién más?

—Espera, no me ayudes. Verdirame, Scoponi...

—No —intervino Antonio—. Scoponi, luego Verdirame, ¿no ves que es más peligroso? Luego sigue Sixtos y ya por último...

—¡El Tato Noriega! —gritó Rosario quien se vio opacada por el estallido de silbidos y porras cuando cayó el tercer gol de los visitantes y los gritos desesperados de los celestes que no aceptaban que la Máquina perdiera tan rotundamente, y menos contra los Tecos.

¡Azul azul azul azul azul!, gritaba el estadio al igual que ellos, mientras el niño que apoyaba los colores de los tapatíos a quien Rosario insultara, los observaba.

Al volver al edificio, Rosario sacó a relucir un trozo de papel con un número anotado.

—Mira, papi, mi nueva conquista.

—¿Qué es?

—Un teléfono, me lo dio el niño al que le aventé los vasos.

Increíble, pensó Antonio. En qué momento lo había recibido. Chingada madre. Su hija de doce años le demostraba cómo pasar un recado sin ser visto por nadie, o casi nadie.

—Gustavo quería quitármelo, ¿por qué?

—Dale chance, cuando era chavillo siempre le quitaban las paletas, por eso es así.

—Ya estuvo suave, vámonos —se oyó la voz de Gustavín.

Rosario besó a ambos en la mejilla y bajó del auto, sonriente y feliz, con su playera del Cruz Azul y el fleco engominado, rebotando sobre su frente. Gritó su despedida desde el portal del edificio, mientras Gustavín aún se encontraba apenado por el beso. A cambio entregó a Antonio las esposas que este colocó en sus muñecas, al tiempo que memorizaba con intensidad la imagen de Rosario, por si acaso fuera la última vez que la veía.

El Chevrolet inició la marcha alrededor del Parque México.

CINCO

—Carajo, pinche susto, pensé que te habían dado ley fuga —dijo Carmen con voz inquieta al verlo entrar.

—Nel, fui al estadio —susurró Antonio—. Vi perder al Cruz Azul 3-0 contra los Tecos.

—Qué cabrón, acuérdate que me habías invitado.

—No lo vas a creer, pero convencí al Gustavín de que me dejara ir con mi hija, fuimos los tres.

—Con razón aquí andaban de un genio… Ya se gritaron, se dijeron de cosas, marcaron teléfonos, se pelearon. Un desmadre.

—¿Tanto así me necesitan?

—No, creo que algo les salió mal.

—¿Cómo sabes?

—Escuché que se había fugado la información, y que mañana todo va a estar canijo, «vigilado», dijeron.

—¿Sabes a qué se referían?

—Al parecer no somos los únicos que estamos secuestrados. Tienen a otra persona.

—¿Aquí?

—No, la otra persona «viajó», dicen. Y hay un dinero tergiversado o perdido. No me gusta nada.

—A mí tampoco.

—Me refiero a que ya no se ocultan para hablar enfrente de uno, no les importa que sepamos cosas.

—¿Crees que ha llegado el momento de…?

— …

— …

—¿Cómo está tu hija?

—Mm, te diré. Su madre la regaña frente al amante en turno, y cuando pasea con su padre ve perder a su equipo favorito.

—Sí, esta campaña el Cruz Azul no pudo levantar. Sabes, cuando era chava nunca pensé que me gustarían los deportes, menos que sería reportera.

—Uh, si te contara mi historia. Yo soy un portero fracasado.

—¿De veras?

—Ajá. Me hubiera gustado ser portero del Cruz Azul. En mis libretas siempre tenía pósters. De Blind Faith, de Susi Quatro, del Grand Funk Railroad, pero la mayoría eran de la Máquina y de quien más tenía era del Supermán Marín.

—Ah, sí, Miguel Marín. Hace años hice un reportaje sobre porteros: Larios, Heredia, Zelada, Marín, Lavolpe, Calderón, Carbajal…

—Fíjate, de haber sido portero hubiera aparecido en tu lista.

—Sí, es probable. ¿Por qué no nos conocimos en otra situación menos pinche que ésta?

—Sin comentarios, chaparra.

—Digo, ya de perdis sin las manos amarradas. ¿No?

SEIS

Las horas tienen una facilidad increíble para golpear el tiempo, engruesarlo, volverlo gelatinoso. Su humedad llenaba la habitación donde habían pasado otra noche de manos y piernas atadas.

Desde su lugar, Antonio intentó adivinar la hora por los ruidos que llegaban. Sintió el dolor de luces que lentamente se despegan del asfalto; imaginó la penumbra de San Juan de Letrán, Madero, Insurgentes; adivinó la zona de Naucalpan calentando motores, los cabarés cerrando las puertas a sus clientes que habrían de emigrar en busca de consomé al mercado Sonora; miró la luz parda del amanecer cayendo sobre el teatro Blanquita, Garibaldi, el centro de la ciudad y su recuento de polvo, de soledad, esperando un sol casi muerto, balbuceante.

Se movió. Deseaba juntar su cuerpo al de Carmen buscando amortiguar el frío que congelaba las piernas, los brazos entumecidos por las ligaduras.

Amanecía.

La noche entera Antonio había escuchado a sus guardianes discutir desesperados, marcando incansables el teléfono, buscando un dato que no acertaba a adivinar del todo. No había dormido, por eso no le molestó escuchar la puerta de la cocina tallar sus bisagras.

—¿Tienes algo que me invites? —preguntó poco después a quien se acercaba por el pasillo, con una taza en su mano, humeante de café.

—Silencio, morro, que por tu pinche culpa me cagotearon —respondió Gustavín, poniendo su taza en la mesa de centro y sentándose para luego mostrar su navaja, el artefacto que brillaba con la luz delgada que entraba bajo las cortinas.

—Vamos, ¿por qué ese empeño en asustar? ¿Siguen preocupados por lo que pueda saber?

—Tsh. No sabes nada, ninguno de ustedes sabe algo que pueda jodernos y si alguien lo hace ya estaremos lejos de esta mierda de país. Lejos.

—¿Entonces a quién le voy a cobrar la muerte de Nick o de Matilde?

—*Fuck you* —respondió Gustavín, limpiando delicadamente la navaja en su chamarra de mezclilla, como si fuera una pieza de porcelana. En ese momento despertó Carmen y lo primero que hizo fue tratar de estirar sus piernas buscando reanimar la circulación.

—No presumas de navajero —dijo Antonio. Buscaba inquietar a Gustavín y así tomar una hipotética ventaja en la guerra de nervios que se desataría cuando fueran a la terminal por la maleta—. Nunca te hubieras atrevido a enfrentar a Nick, ni siquiera por la espalda, eso lo hizo Chuy.

Gustavín empuñó la navaja, amenazante.

—Lo que no me explico es qué diablos hacen unos pinches fronterizos como ustedes acá en México —intervino Carmen—. Aquí hay más competencia, ¿no?

Un ruido de tacones llegó desde el pasillo y detuvo la plática.

—Vete en chinga por los periódicos —ordenó la Morena a un Gustavín que de inmediato se puso de pie, guardando la navaja en la bolsa de su chamarra. Salió. Sus pasos se oyeron huecos al ir bajando la escalera del edificio. Se parecía tanto al lugar donde él vivía, pensó Antonio.

La Morena ocupó el lugar que Gustavín dejara con su partida. Encendió un cigarrillo, cruzó las piernas y dejó ver un triángulo de bello púbico ante la ausencia de pantaleta. Quizá fuera una nueva forma de tortura, pensó Antonio.

—Pasó una chingadera, pero la vamos a componer. Como sea, vas a la terminal con Gustavín, tomas la maleta del lócker y…

—Ya sé, ya sé, voy al sanitario de la línea Cristóbal Colón y dejo que la maleta desaparezca…

—¡No! —exclamó la Morena—. Tomas la maleta y se regresan en chinga. ¿Oíste? Después podrás largarte con tu amiga.

En ese momento se abrió la puerta y un Gustavín con la cara desencajada por el ascenso de la escalera, gritó mostrando la portada de los periódicos.

—¡Ya valió pura chingada!

De inmediato la Morena le arrebató los diarios y Antonio pudo leer también la causa del desvelo.

Los encabezados daban la noticia a ocho columnas. El teniente coronel diplomado de Estado Mayor Artemio Venegas, había sido secuestrado de territorio mexicano a estadounidense con intervención de la Drugs Enforcement Administration, acusado de proteger a narcotraficantes.

SIETE

—¿Cuánto les pagó la DEA por el trabajo, Gustavín?

—Mejor que no te interese.

—Ojete. Vas a meterme un balazo apenas consiga esa maleta y no me quieres explicar. Ahorita todo mundo sabe que la pinche DEA metió las manos en una extradición ilegal, sin importarle retar al ejército mexicano. El pedo está en saber a quiénes les encargaron el secuestro de ese cuate. ¿Fue a ustedes, Gustavín?

—No. No fuimos nosotros.

—Ah, no me digas. Yo pensé que le había atinado —dijo Antonio viendo la calle transitar por la ventanilla del Chevrolet—. En estos negocios la información vale, y supongo que ahorita vamos a recoger el pago por su cooperación. ¿Me equivoco o le sigo?

—Con razón caen de a madre los chilangos, por metiches y habladores.

—De acuerdo, pero eso no impide que saque mis conclusiones: yo soy un desconocido, no estoy fichado, por eso puedo recoger la maleta sin que me detengan los agentes que ahorita han de estar sembrados en la terminal.

—Cállate el hocico, puto.

—Claro, ni la Morena ni el Chuy se arriesgan. No quieren más errores como el de Matilde que tal vez habló de más y decidieron «suicidarla» —continuó Antonio, buscando provocar a Gustavín para que hablara y de paso confirmar la información que a susurros, junto con Carmen, había logrado armar.

—Ahora, ¿por qué no quieren hacer el contacto en los sanitarios de la Cristóbal Colón como estaba planeado? —preguntó Antonio alzando sus manos esposadas—. Porque nada va a poder entrar ni salir del país, por eso es preferible conservar ese dinero por el que vamos y no comprar lo que pensaban —se respondió a sí mismo.

—¿Eso crees?

—Sí. Lo que no me explico es cómo lograron contactar con la DEA. Son socios o informantes, ¿qué pedo?

—Ya ves, en algo teníamos que ser chingones.

—No te adornes, Gustavín. Los chingones de este país hace tiempo hicieron la revolución y terminaron jodidos. Nick venía a comerles el mandado y por eso le abrieron el cuello, ¿cierto?

El silencio de Gustavín indicó a Antonio que no estaba del todo equivocado.

La avenida Zaragoza estaba repleta de sol dominguero, seco y brillante, cuando llegaron a la terminal de autobuses.

En el estacionamiento, Gustavín retiró las esposas de las manos de Antonio, salieron del auto y comenzaron el descenso de la rampa que les llevó directo al túnel de lóckers.

Esa vez, Gustavín caminaba junto a él. Buscó en la bolsa de su chamarra y le entregó el cilindro de níquel forrado con plástico duro que Antonio preparó al llegar frente al lócker.

Imaginaba que de un momento a otro sería rodeado por los agentes de narcóticos, apoyados por una docena de judiciales, cien federales y un pelotón de infantería. Todos juntos. Lograrían su detención auxiliados por dos tanques, un submarino, treinta morteros israelíes, setenta y dos fusiles rusos, un avión argentino, dos bombas brasileñas y seis de los nuevos carros antimotines comprados a Francia, todo a fin de meterle un Tehuacán por la nariz, asfixiarle con una bolsa de plástico o meterle la cara en un bote lleno de excrementos.

Sin embargo, nada pasó. Todo tranquilo. No sucedió maldita cosa que un simple y jodido silencio de fría luz y olor encerrado, que acompañó la mirada imbécil de Gustavín cuando Antonio abrió la puerta del lócker y ambos lo encontraron totalmente vacío.

OCHO

—¡Juro por mi madrecita que no había nada! —gritaba Gustavín, gesticulando nervioso.

Desde su lugar, Antonio miró un hilo de sangre correr bajo la cinta que cubría la boca de Carmen.

—Se portó algo grosera tu amiga —comentó el asesino de secretarias y amigos fronterizos que se mantenía imperturbable ante la noticia que Gustavín seguía pregonando por toda la sala.

—Te digo que la maleta...

—¡Ya lo sé, imbécil! —interrumpió Chuy—. Vamos a la recámara, la Morena quiere hablarte.

Gustavín caminó por el pasillo murmurando aún sobre el lócker vacío. Ambos entraron a la recámara del fondo, al tiempo que Carmen intentaba decir algo y era impedida por la cinta adhesiva que tapaba su boca. Antonio se acercó, pegó sus labios a la mejilla de Carmen y con los dientes tomó la punta de la cinta que luego de varios intentos logró despegar.

—¡Puta madre, tienes sangre en la cara! ¿Qué pasó?

—¡Ese cabrón se volvió loco. Ya mató a la Morena, ahora sigue el Gustavín, luego nosotros!

Antonio comprendió la lógica del juego, el por qué Chuy no se había preocupado porque una maleta no estuviera donde se suponía iba a estar. Alguien se había adelantado, ¿pero quién? ¿Chuy, la Morena, otra gente? Se sintió aturdido. ¡Puta madre! ¿Qué pasaba? Si tenían el dinero éste seguramente ya estaría a buen resguardo, esperando simplemente que Gustavín recibiera...

Nada, ningún ruido, únicamente un aroma de muerte y la brisa de las plantas que llegaba desde el pasillo por donde apareció un Chuy excitado, ajustando la falda de su camisa, pistola en mano, sonriente, mostrando su perfecta dentadura postiza.

—Demasiada gente no hace bien a ningún negocio, ¿verdad, Chuy? —dijo Antonio intentando retrasar la inminencia del sacrificio.

Chuy no respondió y Antonio gozó macabramente con aquel silencio, lo sabía importante, todo final necesitaba un momento de suspenso, sobre todo al comprender que aquellos eran los últimos minutos que habría de vivir al mirarlo preparar la pistola.

—¿Te gusta mi pistola, cabrón? Mírala bien para que no te aburras, porque aquí se quedarán hasta que alguien les encuentre podridos.

Antonio reconoció la pistola con que Chuy le apuntaba, le devolvía olores de una noche de montaña y piratas despeñados allá en la frontera. Sikuta la llamaba Nick y al parecer se había convertido en el trofeo de guerra de un Chuy que la exhibía ante su cara. Probablemente su ojo derecho sería el primer blanco, la bala entraría seca y rotunda, y al salir tras su cabeza formaría un hueco tan ancho como el puño de un boxeador. Sin embargo, el final no llegaba y seguiría retrasándose porque alguien tocó a la puerta.

NUEVE

La mirada de Chuy intentaba comprender que aquello no estaba en el guión al escuchar cómo los golpes sonaban insistentes.

Sabía que el silenciador usado contra Gustavín no había podido escucharse afuera, por lo tanto un vecino curioso era difícil de creer, y por su parte la policía no daría golpes tan corteses, como los que volvían a sacudir la madera.

Carmen y Antonio quedaron sin movimiento, deseaban creer en los milagros, en ruidos como aquellos que retrasaban la oscuridad.

Chuy titubeó, se acercó al visillo de la puerta y observó.

—Buenas tardes, soy el párroco de esta colonia y estoy visitando a todos mis feligreses, no le quitaré mucho tiempo—, dijo una voz suave y melosa tras la puerta.

—Orita no puedo, padre, no tengo tiempo.

—Solo unos minutos, hijo. Eres el único departamento que me falta visitar de este edificio, esperaré aquí el tiempo que sea necesario, no tengo prisa.

Chuy maldijo entre dientes y regresó hasta el centro de la sala para tomar a Carmen del brazo, obligándola a ponerse de pie. Las ligaduras de pies y manos impedían la libertad de movimientos, haciéndola parecer una muñeca desarticulada.

—Un pinche grito y les meto un balazo —ordenó Chuy por lo bajo, empujando a Carmen hacia el pasillo, indicándole la recámara.

Luego regresó.

—Ahora tú, cabrón, camina si no quieres que te haga otro culo.

Antonio obedeció y torpemente caminó hasta la recámara en donde fueron encerrados por Chuy, que tras asegurar la puerta regresó a la sala.

En el interior, Antonio descubrió a una Carmen aterrorizada ante el miedo de rozar el cadáver de Gustavín que tenía la cabeza destrozada sobre un charco de sangre y astillas de hueso que cubrían la cama. La materia gris estaba esparcida sobre las colchas y un líquido blancuzco escurría por el suelo. Un escalofrío de vapor y trapo recorrió la espina de Antonio buscando borrar su impresión. Volteó la cara solo para encontrar un clóset con la puerta entreabierta donde asomaba un pie de mujer.

El olor a muerte se hizo más intenso.

Cuando Chuy hubo regresado a la sala, abrió la puerta y volvió a escucharse la voz suave de quien repetía su mensaje.

—Procure ser breve, padre, salgo de viaje y el avión me espera —dijo cortante.

Mientras tanto, en la recámara, Antonio rodeaba el cadáver de Gustavín y se acercaba a la ventana. Con las manos esposadas corrió las cortinas y solo encontró un tercer piso que ofrecía la posibilidad de brincar y caer destrozado. Regresó, llegó hasta el clóset, colocó el hombro y empujó hasta lograr deslizar la puerta. En la oscuridad del mueble contempló ese cuerpo sangrante de mujer que parecía custodiar la misma maleta que él dejara en un lócker de viajero.

—Seré breve —se oyó la voz del sacerdote—. Verás, hijo, con motivo de la tercera visita de su Santidad Juan Pablo II…

—Esa voz —dijo Carmen, pegada a la puerta, queriendo oír mejor. Antonio decidió ignorarla, entretenido como estaba en seguir abriendo la puerta del clóset sin hacer ruido, torpemente por sus manos esposadas.

—Esa voz —repitió la periodista, cuando se oyó al sacerdote pedir una cooperación para ayudar a la visita del Papa.

—Ya casi todos los habitantes de la colonia han entregado su donativo…

Antonio terminó de correr la puerta y miró a placer el cuerpo de mujer finamente tajado por el cuello. Con sus pies acercó la maleta e inclinándose, con los dientes jaló del cierre. Lo imaginado; decenas de fajos de dólares estaban escondidos torpemente entre ropa y artículos de viaje.

Aquella penumbra no era adecuada para las investigaciones, mucho menos con las manos esposadas en la espalda, pensó Antonio cuando escuchó la voz de Carmen decir:

—Tulio… Es Tulio…

—¿Qué cosa? —preguntó Antonio desde el fondo del clóset con aquella maleta todavía en sus manos.

—Que es Tulio. El Tulio que al parecer se vistió de cura...

Hay certezas que reaniman muertos. Antonio sintió su sangre revolucionar su cuerpo. Una descarga igual cayó sobre sus hombros, lo hundió en un espejo de interrogantes al observar esa mujer degollada que le faltaba un dedo del pie izquierdo, un simple dedo que a alguien le provocaba sueños intranquilos, lo demás podía resumirse en el grito desgarrante de Carmen y el par de disparos que terminaron por romper la serenidad del día.

DIEZ

El Volkswagen se disolvía en la masa de autos que corrían por el periférico a esa hora rumbo a Satélite. En el asiento trasero, Tulio, con el hombro cruzado por una bala se agotaba en la inconsciencia, mientras Antonio intentaba zafar sus manos de las esposas que seguían alrededor de sus muñecas, al tiempo que sostenía la sotana de cura sobre la herida de Tulio, buscando taponar la herida.

La luz de la tarde iluminaba los edificios que observaban atentos. Carmen, recostada en el asiento delantero, intentaba tranquilizarse viendo a Borja conducir, buscando perderse cuanto antes, deseando olvidar los minutos anteriores donde el grito de Carmen distrajo a Chuy y permitió a Tulio sacar la pistola que escondía entre las mangas de su sotana.

El resto fue el hombro de Borja pegando contra la puerta, abriéndola estruendosamente y haciendo fallar la muerte dirigida contra Tulio. A pesar de contar con un solo ojo, Borja fue certero, su tiro dio en la mejilla de Chuy y ésta se convirtió en una masa rojiza acompañada de un borbotón de sangre. Flor extraña que salió por la nuca y que todos observaron incrédulos, mientras cargaban a Tulio escaleras abajo.

En el piso del Volkswagen estaba la maleta repleta de dinero y tal vez aquello fuera suficiente motivo para sonreír. Al fin de cuentas, estaban casi intactos.

Antonio imaginaba a los policías encontrando tres cuerpos, dos hombres y una mujer. Entonces, su sonrisa se diluyó, sabía que ninguno de los cadáveres era de la Morena.

CUARTA PARTE

ACÁ ABAJO: HACIA EL OTRO LADO

Hoy estoy sin saber yo no sé cómo,
hoy estoy para penas solamente.

César Vallejo

UNO

A partir de ese día los periódicos fueron publicando toda serie de crónicas y reportajes especiales sobre un escándalo lleno de rumores y datos confusos. Una historia en la que no aparecían nombres importantes, solo intermediarios que a nadie interesaban.

Por su parte, la DEA se dedicó a negar toda relación sobre el secuestro del teniente coronel Artemio Venegas de territorio mexicano a estadounidense, pero no explicaba cómo era que este miembro del ejército mexicano estaba esperando un juicio en una corte de Los Ángeles, bajo los cargos de protección a narcotraficantes y complicidad en el asesinato de un agente de la DEA en la ciudad de Guadalajara.

A casi un mes de aquellos días, Antonio dedicó los días a coleccionar cada recorte que sobre el caso iba apareciendo. En una libreta anotaba los posibles desenlaces que se podrían dar de lograr reunir todo lo publicado sobre el militar y esas historias que aparecían en rincones perdidos de la nota roja que nadie más observaba; como el cuerpo del hombre alto rubio al que sus asaltantes —alguna de las temibles bandas de adolescentes que asolaban la zona— le habían cercenado el cuello, antes de ser lanzado al bordo de Xoxiaca y que fuera encontrado a medio devorar de perros y ratas; o los tres cadáveres en estado de descomposición que fueron encontrados en un departamento de la colonia Roma luego de que los vecinos se quejaron del olor nauseabundo que invadía el edificio de departamentos. Todo hacía suponer que se trataba de un lío amoroso, pues en la recámara fue encontrado el cuerpo de la infiel mujer y de su joven amante, a quienes luego de dar muerte el moderno Otelo decidió huir de la justicia humana metiéndose un balazo en la sien, y tal vez en su precipitada ansia de morir para escapar a su desengaño amoroso había fallado el disparo que entró por la mejilla, sin poder ello dejar de ser mortal. Por supuesto, la nota explicaba la ausencia del arma homicida.

Todo extraño, tan misterioso como ese cuarto del hotel Diligencias cercano al Metro Revolución donde a escasos tres días de haber ocurrido ahí mismo el suicidio de una cuarentona aficionada al Bacardi y los cigarros mentolados, se daba el caso de un nuevo suicidio, esta vez en la persona de Fermín Gazpeita, dueño de varios hoteles, quien curiosamente decidió salir por la misma puerta falsa que su antecesora, cortándose también las venas.

Todo esto, Antonio lo fue reuniendo y ordenando en un fólder que creció día a día. Con ello intentaba armar la historia en que tomara parte; cualquier dato, cualquier referencia la estudiaba, y siempre buscaba con ansia entre los protagonistas el nombre de Nick, de Chuy o acaso el de Gustavín. Luego consideraba que, acaso desde el principio, todos hubieran sido nombres falsos y volvía a revisar las descripciones físicas de quienes aparecían en las fotografías, las referencias, los lugares, las pruebas, las declaraciones. Nada coincidía. Todo inútil. Una cortina de enredo y lejanía le hacía desistir de encontrar su propia relación y la de sus misteriosos conocidos en el secuestro del militar y la muerte del agente norteamericano. Tal parecía que los meses de febrero y marzo se los habían quitado, negado, escondido. Nadie sabía nada.

En parte se alegraba que así fuera. Que nadie mencionara su nombre, descripción física, la supuesta película que existía de su cuerpo desnudo, su paso por los mismos lugares del apócrifo guión. Y aunque al principio fue difícil, lentamente pudo ir recobrando el resorte de la rutina y un día llamó a su hija y decidió caminar hasta el Parque México dispuesto a llevarla al cine.

—Mi madre está en su recámara, tiene jaqueca. ¿Te gusta mi muñeco nuevo? —le soltó Rosario apenas abrió la puerta.

—Es bonito. ¿Nos vamos?

—Espera, tienes una visita.

—¿Visita? ¿Aquí?

—Sí, es una señora. Ella fue quien me regaló este muñeco.

Antonio cerró la puerta luego de entrar y caminó a la sala. Ahí estaba ella, fumando, al tiempo que miraba por el balcón repleto de macetas.

—Un padre muy puntual para visitar a su hija —dijo la mujer sin voltear.

—¿Qué haces aquí, Morena?

Rosario se acercó cargando su nuevo muñeco de peluche.

—Suelta eso, hija. Esta señora es capaz de haberle puesto una bomba.

Incrédula y divertida, Rosario dejó el muñeco sobre un sillón.

—Eres un bromista, ¿qué va a pensar de mí? —dijo la Morena, al tiempo que giraba la cintura y entallaba su falda. La mujer le dedicó una sonrisa de promesas grises y filosas, arrojando el resto del cigarro hacia el vacío y sacando otro de su cartera.

—¿Podemos hablar a solas?

No hubo necesidad de decir nada. Rosario fue hacia la cocina y la Morena avanzó hasta sentarse en el sillón color vino. Cruzó la pierna con esa facilidad que tenía para mostrar su ausencia de pantaleta. Recordó que Amintia en ocasiones evitaba usar ropa interior para evitar costuras indiscretas en el vestido o para no sentir calor en el verano. Pero aquella mujer ni siquiera eso, pensó Antonio, intentando razonar el significado del juego hasta que la voz de la mujer lo interrumpió.

—Nos ganaron, cabrones. Nos ganaron. Perdí negocio y ayudantes.

—Y una hermana.

—Veo que lo descubriste.

—Claro. Solo me pregunto si fue difícil teñir el cabello de una muerta.

—De una perra, dirás.

—Fue un buen plan. Ya ves, aún piensan que tú eres la muerta y nadie te busca.

—Sí, y hubiera estado perfecto de no ser porque el imbécil de Chuy tardó tanto en meterles un balazo.

La mujer fumó largamente.

—Antonio Zepeda, ¿qué hicieron con el dinero?

—Bueno, me compré algo de ropa y fui con un dentista a que me reciclara los dientes.

—Pendejo, en la maleta había para comprarte una dentadura de oro y ustedes se quedaron con todo. ¿Dónde lo tienen?

—No lo vas a creer, Morena, pero decidimos crear un fondo de ayuda para el treintañero fracasado.

—Chilango de mierda —dijo la mujer arrojando la nueva colilla hasta el balcón. Antonio aprovechó aquella pausa para preguntar.

—¿Es cierto que Chuy mató a Nick?

—¿Te importa?

—Carajo, cuéntame la historia, quiero morir en paz.

La mujer lanzó un suspiro y encendió otro cigarro.

—En enero Nick volvió a Tijuana, y también regresó con mi hermana Rosa. El muy cabrón logró sacarle el dato del secuestro del militar a la pendeja de mi hermana y se vino a México.

—Lo imaginaba. Lo que no me explico es cómo Chuy pudo joder a Nick.

—Ja, y no solo a Nick, también al español, a Gustavín, a tu secretaria, a Rosa…

—Carajo, qué ingenioso. Se deshacen de todos los ayudantes, y mientras Gustavín y yo andamos como pendejos buscando una maleta que Chuy seguramente había recogido la noche anterior, tú desapareces y entra tu hermana Rosa, engañada bajo el supuesto de que ahí habrían de esconderse antes de huir.

—Más o menos —dijo la Morena, para luego guardar un silencio que Antonio rellenó con la imagen de su vestido ceñido, de su triángulo púbico que aún mantenía en la retina hasta que el silencio se volvió lechoso, cenizo, y la mujer lo hizo terminar.

—Adiós, Antonio, no creas que olvido tan fácil. Nos veremos de nuevo. La miró ponerse de pie y tomar su cartera con ese estilo de movimiento que parecía una combinación rebuscada entre *Penthouse* y Walt Disney. La Morena cruzó la sala llegó al recibidor, abrió la puerta y desapareció.

—¿Ya se fue la vieja sin calzones? —preguntó Rosario desde la cocina, donde nacía un olor a mantequilla.

—Sí. Y ya vámonos, es tarde.

—Espera, estoy haciendo palomitas.

—Deja eso, es tarde.

—Ya termino, aguanta.

Antonio fue a la cocina y ayudó a Rosario a vaciar las frituras en una bolsa de papel. Cuando terminaron escucharon abrirse la puerta y la voz de Salomón.

—¡Pichoncito, ya llegué!

Rosario y Antonio cruzaron la sala sin saludarlo, y cuando llegaron al cine, a los marcianos les estallaba la verdosa cabeza al escuchar música *country* y Tom Jones cantaba su eterno éxito en algún escenario de Las Vegas.

Mientras esperaban el inicio de la segunda función, Rosario lo aprovechó para armar un rompecabezas de goma que tomó de su bolsa cruzada al pecho.

—Sabes, la vez del estadio tuve miedo que no entendieras.

—¿Lo de los jugadores? —preguntó Rosario sin despegar la vista de las piezas que unía entre sí—. Cuando te vi golpeado y sucio, y el tal Gustavín traía unas esposas en su chamarra sabía que pasaba algo. Además, desde que regresaste de Tijuana no eres el mismo, ya ni carro tienes.

—Entonces, ¿entendiste la clave?

—¿Clave? Bueno, memoricé los nombres de los jugadores y con su número en la espalda salió un teléfono. Lo marqué, era de un periódico, ¿no? Le dije a la señorita que por favor pusiera un cartelito con el nombre de Antonio Zepeda y el teléfono de la casa.

—¿Pero cómo supieron dónde estábamos?

—Ash, porque te seguí. Cuando te fuiste con Gustavín tomé un taxi, como le hacen en las películas, lo pagué con mi dinero. ¡Ya está! —exclamó, mostrando el rompecabezas armado, provocando que voltearan a verla un par de adolescentes sentados en la siguiente fila.

—Esa noche fueron a casa los dos gorditos que son tus amigos. Les di la dirección donde vi que te llevó el Gustavín y lo demás ya no supe.

—Pues te debo la vida, chaparra —dijo Antonio, pero sus palabras se oyeron apagadas por el cambio de luces y el final de *Mars Attacks*. El par de adolescentes seguían volteando hacia Rosario.

—¿También les pedirás su teléfono?

—No, estos todavía juegan con avioncitos.

DOS

El cartero es alguien singular. Puede acometer su empresa con ahínco demoniaco, visitando a diario cada buzón de su recorrido y dejar aunque sea publicidad o un recibo de teléfono ya vencido. Luego emigra y se le ve caminar por otras calles, alejado, en territorios ajenos.

Cuando esto sucede, el solitario busca hacerse el encontradizo, intenta saludarle, preguntarle discretamente si de casualidad en todo ese morral que lleva no habrá siquiera aunque sea una pequeña nota para alguien que pronto cumplirá años.

Ante esto, el cartero, atento, le pregunta su nombre y dirección, ya con estos datos baraja con maestría los sobres. Luego de un rato alza la vista, le mira sonriente y termina por decirle al hombre solitario que no hay nada para él, entonces la palabra NO se magnifica, retumba en la inmensidad de la calle y arroja al hombre de nuevo al vértigo, a la desesperación, a la inobjetable certeza de saber que nadie recuerda su cumpleaños número treinta y tres, edad de mártir, de gnomo, de fantasma nacido allá por el 63.

La nostalgia amenaza con sentar sus reales y triturar los días con su pátina mohosa y virulenta. Por esto, un día, cuando el hombre solitario regresa de vagar sin rumbo fijo ni dirección y observa que el cartero recién ha deslizado una sencilla carta por la ranura del buzón, de inmediato se lanza a tomar la misiva y sube corriendo la escalera para abrir el sobre en la seguridad de su cueva.

Luego del remitente, el hombre solitario descifra los extraños sellos que ofrecen variadas disculpas en inglés por el retraso de la entrega, alegando la falta de código postal, dirección ilegible y otras explicaciones que olvida en la prisa por saber su contenido.

TRES

Chilanguín:

¡Quiúbo Bro! Ya ves cómo no podías esconderte del todo. Fui a la agencia de viajes donde compraste el boleto y convencí a la morra que me pasara tu dirección, la cabrona no quiso darme el teléfono si no te hubiera hablado, de cualquier forma pienso que esta carta llegará a tiempo, porque la semana que viene voy pa'llá abajo por un jale chingón. Pude conectar un dato que nadie más sabe, eso creo, y le voy a sacar buen billete. Es de esa información que vale oro, sobre todo para el ejército.

Oye, volví con Rosa, la hermana de la Morena, también con Lina, claro que esa jija todavía tiene sus aventuras, por ahí sigue con el pendejillo ese que vende aspirinas que me cae de a madres, pero como dices tú: «Ni pedo», así que aquí me tienes en putiza violenta para cumplirles a las dos viejas, ahí la llevo, luego que a la loca de la Rosa le dio por teñirse el pelo, se ve bien, aunque se parece mucho a su hermana y eso no me gusta.

Oye, man, las gringas tienen un cheque que prometieron enviarte. Creo que son las regalías por tus nalgas (ja ja ja). Verás, acá dejaste olvidado un rollo fotográfico. Las gringas lo revelaron y apareces tú con esa chava de Mexicali. Amalia se llamaba, ¿no? Están encuerados, fue la vez que estuvimos en el desierto, ¿recuerdas? Bueno, pues las gringas vendieron las fotos a una revista, la *Fresh Flesh* de Nueva York y se las pagaron a toda madre, pero como el rollo era tuyo pues te van a dar el dinero, supongo.

Ora pues, nos vemos en México, llegando voy a verte, saludos Bro.

P.D. Te mando copias de las fotos. ¡Estás buenote, cabrón! Aunque, seamos racionales, Amalia tenía mejores nalgas.

CUATRO

Hoy cumples treinta y tres años, edad de mártir, de gnomo, de fantasma nacido allá por el 63.

Soledad.

Otro día que pasa sin recibir ninguna llamada que obligue a cambiar el curso.

Ninguna carta, ningún cheque, ningún ejemplar de la revista donde, según Nick, apareces con Amalia, la mujer que te hizo prometer recordarla entregada a ti cada que vieras esas fotos que seguramente andan vagando por miles de quioscos en el mundo, sirviendo de consuelo a *voyeuristas* esperpénticos, masturbadores lacónicos, oligofrénicos, flácidos, frenéticos, solos, tan cansados como tu mano que acaricia tu sexo con esa manía silenciosa de tantos años, recostado en la cama, desnudo, comiendo cacahuates de lata, mientras te dedicas pacientemente a terminar un six de Tecates.

Incluso tu hija ha olvidado el cumpleaños. Lo único que sabes de ella es que gracias a una composición sobre su personaje favorito ganó el derecho de estudiar un curso de verano de literatura. Ni modo, mejor será evitar la curiosidad de saber quién es el personaje «favorito» de tu hija que le provoca escribir, podrías decepcionarte.

En la televisión no tarda en comenzar la función sabatina de box. Hubieras querido ir a la arena, salir a la calle, llenarte un poco de noche, ver parejas de enamorados, comer media docena de tacos, morir en el interior de un vagón del Metro, despeñarte por alguna coladera mal tapada, desvanecerte a la sombra del Hemiciclo a Juárez, perder la cordura, suicidarte, dejar de moverte sobre el asfalto, pero te sientes cansado para intentar cualquier cosa, hay tanto que reponer, repensar, resguardar, resistir, resanar, revisar, revertir, reseñar, revolver, rescatar... Incluso dudas entre ver el box o usar una vez más esas fotos de Amintia. Tú sabes, ponerlas frente a ti y comenzar a masturbarte lentamente, pensando en su cuerpo irremediablemente perdido.

Cuando por fin te decides a ir al clóset para sacar el álbum fotográfico donde Amintia permanece capturada te detienes al ser consciente de esa otra presencia; son las postales que Carmen estuvo enviándote por montones diariamente desde Japón, mientras reporteaba sobre la visita del presidente al país nipón. Es lo último que sabes de ella, luego de que rechazó cualquier dinero de la maleta.

Cada postal de Carmen la has fijado con cuidado y cariño en sitios estratégicos. La primera fue a un lado de la foto de Amintia que está en la puerta de la cocina, como queriendo robarle espacio, buscando empañar un poco el brillo de esos eternos veinte años de tu ex esposa, contra los soberbios treinta y tantos de Carmen y sus postales en el buró, sobre la mesa, dentro del clóset, en la cocina, en el baño, en el espejo, en el piso, en la ventana. En todas partes habita ahora el recuerdo de Carmen pasando la noche junto a ti con la nariz rota y las manos amarradas.

Escuchas cómo el ruido del tráfico en la Glorieta de Cibeles llega hasta tu cuarto. Habla de un país que se prepara para la próxima visita del Papa, y eso lo sabes porque ha llegado también tu hora de reponerte, de hacer recuento, de anotar que en 1996 el Cruz Azul jugó una de sus peores temporadas, el segundo peor sitio en toda su historia, a excepción de 1990 cuando terminó en antepenúltimo; señalar que a tus treinta y tres años vives tan solo como a los veinte y llevas a todas partes un paquete de prodolinas para combatir el dolor de dientes; recordar aquel cuarto del hotel Roosevelt, con sus tinas anchas de porcelana, donde imaginaste enjabonar la espalda de Carmen.

En fin. Solo queda limpiar la Sikuta que fuera de Nick y arrancaras de la mano muerta de Chuy. La seguirás lustrando hasta dejarla como una obsidiana de acero, de lumbre.

Colibrí.

Suena el teléfono, levantas la bocina y escuchas una voz preguntar mi nombre.

—¿El señor Tony Zepeda?

—Sí, diga —respondo sin saber con quién estoy hablando.

—Se trata de la señorita Otamendi, Carmen. Ella me dijo dónde localizarlo.

—¿Le pasa algo a Carmen? ¡Dígame qué pasa!

—No, ella está bien. Se trata de algo personal, pero no puedo decirlo por teléfono. ¿Podría venir mañana a mi oficina?

Momentos después escribo un nombre y una dirección. Cuelgo el teléfono y pienso en esa extraña cita en una oficina con alguien que desconozco. Sin embargo, la palabra oficina me provoca. ¿Oficina? ¿Una oficina? Sí, tal vez mi nuevo oficio necesite de una, al menos es lo que se sabe por las novelas policiacas.

Mañana mismo, luego de cobrar el cheque de mi renuncia a la empresa y de ir al hotel Roosevelt por el sobre que depositara junto con Carmen, me encargaré de buscar un despacho y otro departamento, mucho más amplio, más oscuro, más silencioso, para que todo yo pueda entrar y deshacerme sin causar estropicios.

Acaso también necesite otro cuerpo dónde mudar la desesperanza.

«Tony Zepeda – Detective», dirá el rótulo que ya imagino desde mi mareo cervecero y quedo recostado, completamente desnudo, disfrutando mi cumpleaños número treinta y tres con la mirada fija en el revólver Sikuta que está sobre el televisor.

No tarda en sonar la campanilla que dé principio al primer asalto… ¿O será el segundo?